SOKIN 장편소설
FUSION FANTASTIC STORY

코더
이용호

코더 이용호 근

SOKIN 장편소설

초판 1쇄 찍은 날 § 2017년 1월 10일
초판 1쇄 펴낸 날 § 2017년 1월 17일

지은이 § SOKIN
펴낸이 § 서경석

편집책임 § 김경민
편집 § 조현우

펴낸곳 § 도서출판 청어람
등록번호 § 제387-1999-000006호
등록일자 § 1999. 5. 31
어람번호 § 제1-2603호

주소 § 경기도 부천시 부일로 483번길 40 서경B/D 3F (우) 14640
전화 § 032-656-4452 팩스 § 032-656-4453
http://www.chungeoram.com
E-mail § chungeorambook@daum.net

ⓒ SOKIN, 2017

ISBN 979-11-04-91136-1 04810
ISBN 979-11-04-91134-7 (세트)

2

SOKIN 장편소설

FUSION FANTASTIC STORY

코더
이용호

청어람
도서출판

Contents

코더
이용호

Chapter 1
알려지는 이름

빛에 반짝이는 긴 생머리.

완벽하게 S라인을 그리고 있는 뒤태.

하얀색 손가락은 마치 남자를 유혹하듯 키보드를 두드리고 있었다.

http://www.stackoverfly.com

켜져 있는 인터넷 창을 보니 용호가 자주 접속하는 사이트였다.

"응?"

여자가 복숭아를 입에 문 채 멈칫했다. 분홍색 입술에서 복숭아의 달콤함이 느껴질 것 같았다.

"한국인이 있네."

절대다수의 오픈 소스 프로젝트가 영어권 국가에서 이루어진다. 스택 오버 플라이 역시 아무런 대가 없이 다른 사람들의 기술 개발 질문에 답을 달아주는 활동.

그곳에서 활동하는 한국인은 생각만큼 없었다.

"lovec@eaver.com?"

여자가 보고 있는 것은 용호의 아이디였다. 그간 꾸준히 활동해서인지 뒤에서 가깝던 순위가 어느새 중위권까지 올라와 있었다.

용호가 올린 몇몇 답변은 베스트 TOP 100 답변에도 올라갈 정도였다.

물론 영어에 두려움을 느끼는 용호는 그저 답변을 다는 것에 만족했다. 자신이 단 답변이 베스트에 올라갔는지 순위가 중위권까지 올라갔는지 자세한 사실까지는 알지 못했다.

아이디를 확인한 여자는 더 상세하게 알아보기로 결정했는지 용호가 올린 게시물들을 꼼꼼히 살펴보기 시작했다.

흥미로움 때문인지 뿔테 안경 너머의 눈빛이 반짝거렸다.

"좀 하는데."

하얗다 못해 창백해 보이는 얼굴은 평소 야외 활동과는 거리가 멀다 말하고 있었다. 호기심에 의한 흥분 때문인지 창백한 얼굴색에 홍조가 살포시 자리 잡았다.

　　　　*　　　　　　*　　　　　　*

　꼬여 있던 매듭이 이렇게 쉽게 풀릴 줄 용호는 예상하지 못했다.

　"정규직 전환 메일을 못 받아서 연락드렸습니다."

　―아… 연락을 못 받으셨나 보구나. 이번에는 아쉽게도 채용 인원에 한계가 있어서요.

　전화를 받은 인사팀 관계자가 곤란한 듯 말을 멈칫거렸다. 용호가 속한 프로젝트가 마무리되어 모텔에서 짐을 뺀 게 일주일 전이었다. 지수민, 최혜진, 강성규 모두 본사로 출근하여 정규직 전환 근로 계약서를 다시 작성하자는 연락을 받았다.

　그러나 용호는 아니었다.

　"이유를 물어봐도 되겠습니까? 충분히 제 능력을 보여 드렸다고 생각하는데요."

　불합격 통보를 받자 오히려 담담해졌다. 결과가 결정되기 전의 불안감이 사라졌다. 홀가분한 기분이 들었다.

　―다시 한 번 말씀드리지만, 용호 씨의 자질과 역량은 뛰어나지만 채용 인원에 한계가 있어서요.

　홀가분하다고 해서 화가 나지 않는 건 아니었다.

　"왜 접니까."

　억눌린 말투에서 화가 묻어났다. 그러한 용호의 감정 변화가 전화기를 통해 인사팀 직원에게 전달되었다.

―더 이상 하실 말씀 없으면 이만 끊겠습니다.

인사팀 직원도 기분이 상했는지 말투가 쌀쌀해졌다.

"……."

그러고는 용호의 말도 듣지 않고 바로 전화를 끊었다.

전화가 끊기고도 용호는 한동안 멍하니 핸드폰을 보고 있었다.

깨톡.

[단체 방에 초대되었습니다.]

확인해 보니 최혜진이 강성규와 지수민을 초대해 단체 방을 만들어 놓았다.

혜진 : 선배, 왜 이렇게 안 와요. 첫날부터 지각할 거예요?

혜진 : 이제 취업 걱정은 한시름 덜었네요,

성규 형 : 뭐 하냐. 빨리 와, 심심하다.

지수민 : 지각은 좋지 않습니다.

용호를 찾고 있었다. 채팅창을 보고 있자니 갑자기 눈앞이 뿌옇게 변했다. 핸드폰 위로 물방울이 떨어져 내렸다. 용호는 한참 그렇게 고개를 숙이고 있었다.

*　　　　　*　　　　　*

　저녁 시간.

　좋은 소식만을 들려 드리려고 했다. 정규직 전환 소식과 능력을 인정받아 받은 돈을 함께 드리려 했다. 그러나 세상일이 마음처럼 되지 않았다. 아버지와 어머니를 거실에 모셔두고 용호가 품속에서 봉투를 하나 꺼내 들었다.

　"이게 뭐냐?"

　"이제까지 일해서 번 돈이에요. 일단 이걸로 급한 불부터 끄시라고요."

　봉투를 열어본 부모님의 얼굴에 놀란 기색이 역력했다. 천만 원짜리 수표 한 장이 봉투에 들어 있었다. 안병훈에게 2천만 원을 주고 나머지 돈은 용호의 통장에 있었다.

　"이, 이렇게 큰돈이 어디서 났어."

　평생을 어렵게 살아오신 분들이었다. 천만 원이라는 돈에 두 분의 눈이 휘둥그레지는 것은 당연한 일이었다. 놀라는 모습에 길게 설명하기 난감했던 용호는 대충 얼버무렸다.

　"일하면서 간간이 아르바이트해서 벌었어요. 그리고……."

　"그리고 뭐?"

　"미래정보기술은 안 가는 게 나을 것 같아요."

　"뭐?"

　부모님이 놀란 듯 목소리를 높였다.

알려지는 이름　13

"다른 대기업에 갈 수 있을 것 같아서요."

"물론 그런 대기업에 가면 좋기야 하지만… 미래정보기술도 괜찮은 회사 아니냐?"

"저희 학교 선배들 중에 오성 간 형이 있는데 너 정도면 갈 수 있다고 알아봐 준다고 해서요. 요새 IT는 어디서든 필요로 하잖아요."

선민대학교에서 오성기업을 들어간 선배가 있긴 있었다. 지난 5년간 단 한 명이라는 게 함정이었다.

"하긴 요즘은 컴퓨터 아니면 일이 안 된다고 하긴 하더라……."

부모님의 말에 용호가 애써 밝게 웃으며 말했다.

"네. 그래서 좀 더 좋은 곳에 가려고요."

방금 전에 내놓은 수표 천만 원의 효과인지 다행히 말이 잘 끝났다. 부모님은 용호가 하는 말보다는 바닥에 내려놓은 봉투에 더 관심이 있으신 듯 보였다.

*   *   *

졸업식도 가지 않았다.

사람들의 연락도 받지 않았다.

그렇다고 술을 먹지는 않았다.

사회로부터 버려졌다는 좌절감과 '왜 하필 나인가'라는 의미 없는 질문도 하지 않았다.

그리고 서류 통과도 되지 않았다.

탈락.

탈락.

탈락.

대기업은 학벌과 토익, 학점 같은 스펙을 요구했고 중견 기업이나 중소기업은 바로 업무에 투입할 수 있는 경력직을 선호했다.

용호의 경력은 고작 미래정보기술 인턴 6개월이 다였다.

'시발, 어떻게 서류도 안 되냐.'

서류 통과조차 쉽지 않았다.

한 번은 사람아웃에 올려놓은 이력서를 보고 연락 온 업체를 찾아간 적이 있었다.

하나는 다단계.

두 번째는 프로젝트 부동산의 영업직이었다.

정상적인 일을 할 수 있는 곳이 아니었다.

그러던 중 드디어 한 군데서 연락이 왔다. 인터넷을 찾아보니 IT 회사였다. 서류 통과가 되었으니 면접을 보러 오라는 연락이 왔다.

서류 통과가 될 때까지 근 2개월이 걸렸다.

이러다 백수가 될지도 모른다는 생각이 용호를 날카롭게

만들었다.

청년 실업자 수 41만.

자신도 그 숫자에 일익을 담당할 수도 있다는 불안감의 나날이었다.

신입은 잘 뽑지 않는다는 사실을 누구보다 잘 알고 있었다. 일단 경력을 쌓는 것이 중요했다.

그러나 경력 쌓을 기회조차 얻기 쉽지 않았다.

그러던 중 어렵게 잡은 기회였다.

회사 위치는 가산디지털단지.

'가산이면 사기당할 뻔했던 거기랑 같은 곳이네.'

지하철을 타고 가다 보니 옛날 생각이 났다. 강성규와 함께 아르바이트비를 받으러 갔다가 얽혔던 경험들이 주마등처럼 스쳐 지나갔다.

면접을 보기 위해 15평 남짓의 작은 사무실에 들어서자마자 용호는 어처구니없는 말을 들어야 했다.

"네?"

여직원이 퉁명스럽게 말했다.

"사장님이 사람 뽑을 필요 없다고 하신 걸 제가 미처 연락을 못 드렸다고요."

"면접 보러 오라고 해서 왔는데 도대체 그게 무슨 말씀이십니까?"

"그냥 다시 돌아가시면 됩니다."

입구에 앉아 있는 여직원은 용호에게 시선도 주지 않았다. 자리에 앉아 컴퓨터 화면을 보며 대꾸했다.

"저기요."

"다시 돌아가시라고요. 저도 왜 그런지는 모르겠는데 사장님이 이력서 보시더니 면접 못 보겠다고 하셨다고요."

여직원은 이유도 알려주지 않은 채 그저 돌아가라는 말만 반복했다.

"지금 이력서 보고 저 부르신 거 아닌가요?"

"저도 몰라요."

"저기요."

"자꾸 여기서 이러시면 경비 부르겠습니다."

면접은 보지도 못한 채 발걸음을 돌려야 했다.

퍼억!

애꿎은 벽에 화풀이를 해보았지만 돌아오는 건 뚫을 수 없는 단단한 벽에 부딪쳤다는 고통뿐이었다.

*　　　　*　　　　*

계속되는 탈락은 용호를 더욱 스택 오버 플라이에 집착하게 만들었다.

유일하게 자신의 능력을 인정받을 수 있는 곳.

비록 영어 실력은 부족했지만 간단한 단어들은 충분히 알아들을 수 있었다.

great.

awesome.

I like your code.

I love it.

간단하게 달려 있는 댓글들, 그리고 도와줘서 고맙다는 쪽지들을 확인하는 것이 생활의 유일한 낙이었다.

현실은 비록 시궁창이라도 이곳 스택 오버 플라이에서만은 그 누구도 부럽지 않았다.

'오늘도 쪽지가 꽤 왔네.'

용호는 남들이 달아놓은 질문에도 답을 달았지만 종종 쪽지를 통해 직접 질문하는 사람들의 질문에도 답을 달았다.

비록 자세하게 설명은 하지 못했지만 부족한 영어 실력으로 최대한 성실하게 주석을 달았고, 깔끔하게 코드를 정리하여 답변을 보내주고는 했었다.

'흐음……'

쪽지로 도착한 코드를 돌려보니 설명대로 결괏값이 의도와는 다르게 출력되고 있었다.

'dijkstra 알고리즘이라.'

처음 dijkstra 알고리즘을 접했을 때는 너무 어려워 알고리즘 수업을 포기할까도 생각했었다.

그때 도움을 준 이가 강성규였다. 어려우면 일단 아예 소스를 외워보라는 조언을 해주었고 용호는 정말로 코드를 달달 외울 정도로 반복해서 코딩했다.

다행히 반복 학습은 효과가 있었고 코드를 외우고 나자 원리가 이해되기 시작했다.

굳이 버그 창도 필요가 없었다.

코드를 보자마자 문제가 눈에 들어왔다.

'가중치 갱신을 안 하고 있구먼.'

dijkstra 알고리즘.

빠른 길 찾기에 많이 사용되는 것으로 내비게이션이나 지도에서 출발, 도착 지점까지의 최단 경로를 찾는 데 많이 사용되고 있었다.

각각의 지점에 가중치를 두고 가장 적은 가중치의 결과를 가지는 과정을 도출해 내는 식으로 지점을 한 단계 이동한다. 이동 할 때마다 토털 가중치를 갱신해 주어야 했다.

'나도 많이 헷갈렸었지.'

용호가 옛날 생각이 나는지 슬며시 미소 지었다. 팍팍한 일상에서 그나마 웃을 일이 생긴 것이다.

'121라인에서 토털 가중치를 갱신해 주면 되겠네.'

용호도 과거에 어려워했던 부분이었다. 각각의 지점을 탐색한 후에 해당 지점까지의 토털 가중치가 더 적은 것이 발견되면 기존 토털 가중치를 저장한 배열에서 갱신이 필요했다.

'updateSearchResult라는 메소드를 하나 만들고.'

용호는 소스 중간에 메소드를 하나 만들고 소스 코드 121 라인에 해당 메소드를 호출하는 코드를 삽입했다.

프로그램을 돌려보니 결과가 정상적으로 출력되었다.

결과를 확인한 용호는 쪽지에 코드를 붙여 넣고 한 줄을 추가했다.

코드를 받은 상대도 문제가 해결되어 활짝 웃기를 바라며, 용호는 한 줄 추가했다.

I laughed and old, thanks.

—덕분에 옛날 생각하며 웃었네요.

구글 번역기를 돌려 나온 영어였다.

*   *   *

그 누구라도 지금 이 여자가 웃는 모습을 본다면 사랑에 빠지지 않을 수 없을 것이다.

"뭐? 옛날 생각을 하며 웃어?"

여자는 용호가 보낸 쪽지를 보며 웃고 있었다. 15평은 넘어 보이는 공간은 혼자 사용하고 있었다. 깔끔한 인테리어가 인상적이었다.

"구글 번역기를 돌렸나 보네."

여자는 한눈에 용호가 보낸 영어의 상태를 알아차렸다. 어

설픈 작문 실력으로 보낸 용호의 진심이 느껴져서일까. 여자
의 입가에서는 코드를 확인하는 내내 미소가 끊이질 않았다.

"기본은 돼 있는 거 같은데. 흠……."

마우스 스크롤을 끝까지 내린 여자가 빠른 속도로 키보드
를 치기 시작했다.

"어디 이것도 한번 해결할 수 있나 볼까."

여자는 무척 즐거운지 몇 시간 동안이나 자리에 앉아 일어
나지 않았다.

*   *   *

드디어 한 군데서 연락이 왔다. 인터넷을 찾아보니 IT 회사
였다. 수십 번의 서류 탈락과 몇 번의 문전박대 끝에 겨우 면
접 자리에 들어설 수 있었다.

"흠… 이용호, 이용호라… 많이 들어본 것 같은데."

면접을 보는 사장이 용호의 이름을 중얼거렸다. 그러고는
책상 앞에 놓인 노트북을 뚫어져라 쳐다보았다. 영문을 모르
는 용호는 그저 가만히 있을 수밖에 없었다.

"아! 이용호!"

용호는 사장이 자신을 부르는 줄 알고 기운차게 대답했다.

"네. 사장님."

"자네가 미래정보기술에 있었다고 했지?"

"맞습니다."

"일이 아주 더럽게 꼬였네."

"네?"

사장은 면접을 보다 말고 생각에 잠겼다. 그리고 몇 분이 지나서야 입을 열었다.

"툭 까놓고 얘기하겠네. 2000도 상관없나?"

"……."

2,000이 무슨 말인지 용호는 단번에 알아차렸다.

연봉 2,000만 원.

2,000만 원이면 실수령액이 150만 원가량 된다. 용호의 표정이 굳어졌다.

"우리도 자네를 고용하는 건 큰 위험을 지는 거야. 자네, 미래정보기술에서 큰 잘못을 저지르고 나온 것 같던데……."

큰 잘못이라는 사장의 말에 용호는 의아할 뿐이었다. 자신은 잘못이 아니라 오히려 공헌을 하고 회사를 나왔다.

"미래정보기술에서 잘못을 한 적이 없습니다만."

"일에서 실수하는 것만 잘못이 아니야… 어쨌든 어떤가? 2000만 원도 괜찮다면 연락 주게. 마침 자네에게 맞는 일이 있어서 채용하는 거니까. 아마 다른 곳에서는 면접도 보지 못할걸?"

사장의 의미심장한 말에 용호는 자신의 신변에 문제가 생겼다는 걸 직감했다. 방금 전 자신의 이름을 부른 것도 의도한 것이 아니라 기억에 있던 이름을 끄집어 낸 느낌이었다.

"혹시 그게 어떤 잘못인지 알 수 있을까요?"

"그걸 나한테 물어보면 어떡하나, 미래정보에 물어봐야지."

"……."

"아마 우리 아니면 이 바닥에서 일하지 못할 수도 있어."

용호는 사장의 눈을 지그시 쳐다보았다. 비록 많은 사람을 경험하지는 못했지만, 거짓말을 하고 있는 것 같지는 않았다.

"그게… 생각 좀 해보고 연락드려도 되겠습니까?"

"우리도 일정이 있으니까 이틀 안에 연락 주게."

용호는 일단 알았다 말하고 자리에서 일어났다. 겨우 잡은 취업 기회였다. 2000만 원밖에 안 된다는 것이 마음에 걸리기는 하지만 이대로 놓아버릴 수는 없었다.

그리고 확인해 봐야 할 것이 한 가지 있었다.

면접을 보고 용호는 바로 전화를 걸었다.

안병훈.

그라면 사장이 말했던 '잘못'에 대한 용호의 궁금증을 해결해 줄 수 있을 것 같았다.

둘은 양재역 근처의 한 삼겹살집에 자리했다.

"과장님."

"…그래, 오랜만이다."

"잘 지내셨어요?"

안병훈의 얼굴에 반가움과 함께 미안함이 묻어 나왔다. 용호가 정규직 전환이 되지 못한 것에 대한 일말의 책임감 때문이었다. 어찌 됐든 자신의 밑에 있던 사람이었다.

"내가 미리 알았더라면……."

"위에서 결정한 사항인데… 과장님이 무슨 힘이 있겠어요."

"미안하구나."

분위기가 무거워지는 것을 원치 않았던 용호가 일부러 밝게 말했다.

"그러지 않으셔도 돼요. 그 일은 다 잊었습니다."

그런 용호의 마음 씀씀이를 읽었는지, 안병훈도 굳어져 있던 얼굴을 풀었다.

"그래, 한 잔 받아라."

주거니 받거니 하다 보니 금세 두 병을 비워냈다. 용호도, 안병훈도 알딸딸해졌다.

어느 정도 술이 들어갔다고 생각한 용호가 하고 싶었던 이야기를 꺼내 들었다.

"과장님… 혹시 제가 미래정보에서 잘못한 게 있습니까?"

"잘못? 자네야 일 잘하기로 소문났었는데 잘못은 무슨 잘못."

"그런데… 제가 면접을 보려고 돌아다니다 보니 이런 말이 들리더라고요. 미래정보에서 잘못하신 게 있느냐고."

안병훈이 입으로 올라가던 술잔을 잠시 멈추었다. 그리고는 이내 술을 입에 털어넣었다. 술맛이 쓴지 인상을 찡그렸다. '잘못'이라는 말에 지금 용호가 어떤 상황에 놓였는지 아는 눈치였다.

"잘못이라… 블랙… 리스트에 자네 이름이 들어가 있을 이유가 없을 텐데……."

블랙리스트.

업체끼리 공유하는 일종의 살생부였다.

블랙리스트에 등록된 인원은 SI업계에 발을 붙이기 힘들었다. 대부분의 업체에서 리스트에 등록된 사람을 배제하기 때문이다.

용호가 그곳에 등록되어 있었다.

"블랙리스트요?"

"업계에서 공유되는 일종의 살생부지… 등록해 놓고, 되도록 그 사람은 일에서 배제하기 위해 작성된 거야."

"거기에 왜 제 이름이 들어가 있다는 건지……."

"확실한 건 나도 모르겠는데……."

청천벽력 같은 일이었다. 열심히 일한 대가가 블랙리스트에 이름이 올라가는 것일 줄은 상상도 하지 못했다.

"……."

"용호야……."

안병훈은 마치 자신이 저지른 일인 양 미안해했다. 그런 모습에 용호가 괜찮다는 듯 말했다.

"과장님께는 불만 없습니다. 충분히 잘해주셨어요."

"……."

"그나저나 누가 제 이름을 등록한 걸까요?"

안병훈이 머뭇거렸다. 눈빛은 흔들리고 있었다. 이걸 말해야 하는지 고민하는 듯 보였다.

"블랙리스트에 대한 정보는 PM급이나 그 이상은 돼야 만질 수 있어. 내가 알려줄 수 있는 건 여기까지다."

말을 마친 안병훈이 이내 안색을 굳히며 입을 꾹 다 물었다.

"무슨 말씀이신지 알겠습니다."

용호는 더 이상 블랙리스트나 회사에 대한 이야기는 꺼내지 않았다. 그저 술을 털어넣는 속도가 더 빨라질 뿐이었다.

*   *   *

집으로 돌아오니 거실에 불이 꺼져 있었다. 이 시간에는 항상 TV가 켜져 있었기에 용호는 이상함을 느꼈다.

"엄마."

불러도 대답이 없었다.

"엄마, 뭐 해."

안방 문을 열어 보니 신문지 위에 어머니가 앉아 있었다. 한 손에는 가위가 들려 있었고 회색빛 신문 위에 드문드문 흰색을 띠는 머리카락이 떨어져 있었다.

"어, 엄마 뭐 하는 거야."

"보면 모르니. 머리 자르잖아."

어머니는 오히려 태연하게 대답했다. 그 모습이 용호를 더 화나게 만들었다. 이미 한두 번 잘라본 솜씨가 아니었다.

"머리를 왜 집에서 잘라."

"미용실 가봤자 돈만 비싸지 제대로 자르지도 못해."

"……."

"피곤할 텐데 어여 들어가 자."

"내가 돈 줄 테니까 미용실 가."

용호가 황급히 뒷주머니에서 지갑을 꺼내 들었다.

2만 원.

지갑에 들어 있는 돈 전부였다. 용호의 볼이 씰룩거리기 시작했다.

"아직 취업도 안 한 놈이 돈이 어디 있다고… 빨리 가서 자."

"……."

용호는 아무 말도 할 수 없었다.

아무 말도.

그저 다짐, 또 다짐할 뿐이었다.

*   *   *

스택 오버 플라이에 접속하는 것이 어느새 중요한 일과가 되어버렸다. 일주일에 한 번, 삼 일에 한 번 접속하던 것이 이제는 거의 매일, 그것도 몇 시간씩 접속해 앉아 있었다.

"순위가 꽤 올라갔네."

프로필을 보니 취업에 대한 걱정이 조금 가시는 듯했다.

5,671개.

지금까지 용호가 단 답변의 개수였다.

No.21313

사이트 내에서 용호의 등수였다. 꼴찌에서 시작해 꽤 많은 성장을 이루었다. 그간의 시간들이 헛되지 않았다는 것에 안도감이 생겼다.

사이트를 둘러보던 용호가 쪽지를 확인했다.

"응? 이 사람은 며칠 전에도 보낸 것 같은데."

익숙한 닉네임이 눈에 띄었다.

danbi.jeong

용호가 보낸 답변이 마음에 들었는지 문제만 보낸 것이 아니라 친구 요청도 함께였다.

"같은 한국 사람끼리 돕고 살아야지."

국적은 친구가 아니어도 확인할 수 있었다. 용호가 친구 수락 버튼을 클릭했다. 친구가 되면 서로 간의 상세 정보를 확인할 수 있었다.

그리고 상세 정보를 들어가 보았다. 몇 가지 정보들이 눈에 들어왔다. 그중 용호의 눈에 띈 건 이메일 주소였다.

danbi.jeong@shinseki.com

"신세기면 대기업인데. 나보다도 모르네."

용호의 중얼거림에는 답답함이 묻어 나왔다. 스펙이 달려 서류조차 통과되지 않는 회사였다.

별다른 개인 정보는 없었기에 용호는 다시 상대가 보낸 문제에 집중했다.

"이번에는 또 무슨 문제지."

이렇게 자신을 필요로 한다는 느낌이 싫지 않았다. 오히려 용호는 고맙게 생각하고 있었다.

취업에 어려움을 겪으며 가졌던 스스로에 대한 불신이 스택 오버 플라이에서의 활동을 통해 그나마 가시는 기분이었다.

*   *   *

보도방.

용호가 가려고 하는 회사를 일컫는 은어였다.

마치 노래방에 여자를 대주는 보도방처럼 개발자들을 요청하는 업체에 대준다고 하여 생긴 말이었다.

'갑'사에서 프로젝트를 발주하고 '을'사에서 해당 프로젝트를 수주한다. 그리고 '을'사에서 '병'사인 여러 보도방을 통해 개발자를 모집하는 구조였다.

갑. 을. 병.

가장 밑바닥에 있는 만큼 처우 역시 열악했다.

100만 원에 발주하면 '을'사에서 30만 원을 챙기고 '병'사에 넘긴다. 그리고 '병'사에서 30만 원을 챙기고 나머지 40만 원을 실제 일을 하는 프로그래머에게 넘긴다.

용호가 알아본 바로는 그랬다.

그러나 가지 않을 수가 없었다.

처우가 열악한 보도방이지만, 블랙리스트에 이름이 올라가 있다는 말을 들은 이후 마음을 정한 것이다.

일단 이곳에 들어가 실력을 기른다. 그리고 능력을 키워 누구도 자신에게 함부로 하지 못하게 하리라.

실무 경험이 없는 실력은 누구도 알아주지 않았다.

실력을 키워 지금까지 겪어왔던 설움들을 모두 갚겠다.

그런 마음을 안은 채 사무실 문을 두드렸다.

사무실에 들어가자마자 사장은 근로 계약서를 내밀었다. 용호는 근로 계약서를 보자 울컥하는 마음을 감출 수가 없었다.

2,000만 원.

이미 알고 있는 사실이었지만, 막상 현실이 눈앞에 닥치자 억울한 마음을 누르기가 힘들었다.

더구나 거기에 적혀 있는 한 문장.

퇴직금 포함. 일명 퇴포.

특히 그 문구가 눈에 거슬렸다.

"사장님 퇴직금 포함이라는 게 무슨 말입니까?"

"연봉에 퇴직금이 포함돼 있다는 말이지 뭔 말이겠습니까. 어서 사인이나 하세요."

결국 연봉이 1/13이 된다는 말이었다. 인터넷 커뮤니티에서 보던 그대로였다.

"들었던 것과 다른 것 같은데요."

"연봉 2,000만 원 맞잖아요."

"퇴직금 포함이라는 말은 못 들었습니다만."

"그래서? 지금 못 하겠다고요? 신입이면 신입답게 먼저 일을 배울 생각을 해야 하는 거 아닙니까? 아직 능력이 검증되지도 않은 사람을 데려다가 써주는 것만 해도 감사하게 생각해야지 말이야… 더구나 블랙리스트에 등록되어 있으면 이 정도 조건으로도 일 못 구합니다."

그놈의 신입. 그놈의 블랙리스트.

신입이면 2,000만 원을 받아도 된다는 말인가.

경력만 뽑으면 신입은 어디 가서 일을 하라는 말인가.

용호가 이를 꽉 깨물며 화를 억눌렀다. 하지만 펜을 잡은 손에 들어가는 힘까지 참지는 못했다.

찌익.

사인이 끝난 종이 한편에 구멍이 뚫려 있었다.

그러나 근로 계약은 체결되었다.

일은 바로 시작되었다. 그리고 황당함도 바로 시작되었다.

"저 혼자 있으라고요?"

"일이 많지 않아서 용호 씨 혼자서도 충분할 겁니다."

"아니… 아무리 그래도 어떻게 저 혼자……."

"그 정도도 못하면 이 험난한 세상 어떻게 살아가려고 합니까. 일단 혼자 가서 일도 배우면서 새로운 사람도 만나고 다 그렇게 일 시작하는 겁니다."

사장은 오히려 큰소리였다. 마치 이게 당연하다는 듯 굴었다.

"그럼 어디 프로젝트에 투입되는 겁니까……."

어차피 오래 있을 회사가 아니라는 생각에 용호도 반쯤 포기한 것처럼 보였다. 어서 경력을 쌓고 능력을 키워 이직할 생각이 가득했다.

스택 오버 플라이에서 활동을 한다고 해서 당장 돈이 들어오는 것이 아니었다. 그렇다고 현상금으로 받은 돈을 믿고 있을 수만은 없었다.

더군다나 지금 용호에게 필요한 것은 실무 경험이었다. 버그를 해결할 수 있는 능력은 버그가 없으면 무용지물이었다.

"신세기 그룹 ERP(Enterprise Resource Planning : 전사적 자원 관리) 관리하는 곳인데."

그렇게 말한 후 사장이 용호를 데리고 간 곳은 성수동에 있는 국내 최대 유통업체 신세기 마트가 위치한 건물이었다.

*　　　　*　　　　*

　용호에게 쪽지를 보낸 그녀.

　정단비.

　스마트 쇼핑 전략 기획팀장.

　정단비가 앉아 있는 자리 앞에 놓여 있는 명함에 적힌 글자였다.

　이제 갓 대학을 졸업한 것으로 보이는 앳된 외모였지만 직함이 가진 무게는 결코 가볍지 않았다.

　정단비가 자리에 앉아 용호의 답장을 확인하고 있었다.

　"실력이 괜찮네."

　정단비가 상큼한 미소를 지으며 고개를 끄덕였다. 용호의 답변이 만족스러운 눈치였다.

　"손 수석님 의견은 어떠세요?"

　정단비의 맞은편에 남자가 한 명 앉아 있었다.

　손석호.

　국내에 몇 안 되는 오픈 소스 커미터로, 정단비가 공을 들여 스카우트한 인재였다.

　볼록 나온 배에 볼은 통통했다. 거뭇거뭇한 수염이 개발자 포스를 풍기고 있었다. 감출 수 없는 주름이 30대 후반의 나이를 짐작케 했다.

손석호가 정단비의 질문에 미처 다 먹지 못한 단팥빵을 우물거리며 대답했다.

"흠… 확실히 나쁘지는 않네요."

답변을 하다 보니 검은색 파편 몇 개가 정단비 쪽으로 날아갔다.

"아, 다 드시고 말씀하세요. 튀잖아요."

"하하, 그랬나요?"

정단비의 말에도 그는 전혀 개의치 않으며 오히려 단팥빵을 하나 더 꺼내 물었다.

"이 정도면 한 번 만나볼 가치는 있지 않을까요?"

"저야 뭐 정 팀장님 밑에 있는 사람인데, 팀장님이 괜찮다면야 저도 좋죠."

"저보다야 수석님이 코드를 더 잘 보시잖아요."

"이거 케이스트 나오신 분이 방통대 졸업한 저보다 못한다니요."

"아, 수석님!"

"하하, 팀장님 말씀이 맞습니다. 한번 만나보는 것도 나쁘지 않을 것 같네요."

"그럼 그렇게 추진할게요."

단팥빵을 물고 있는 손석호의 시선은 정단비가 열어놓은 창에 가 있었다. 입에서는 빵을, 눈으로는 용호가 보낸 코드를 놓치지 않았다.

　　　　　*　　　　　*　　　　　*

　용호는 노트북 가방을 든 채 먼지가 굴러다니는 책상 앞에
서 있었다. 그런 용호에게 담당자라는 사람이 다가왔다.

　"온누리 소프트에서 새로 오신 분?"

　"아, 접니다."

　"얼마나 있을지는 모르겠지만… 하여간 반갑습니다. 담당자
주범준 과장입니다."

　피곤해 보이는 얼굴에 말투에는 귀찮음이 역력했다.

　"아, 네. 이용호라고 합니다."

　"영업 쪽 개발 경력이 3년이시라고요. 말씀 많이 들었습니
다."

　용호는 고개를 갸우뚱할 수밖에 없었다. 인턴 6개월 한 것
이 고작인데, 경력이 3년이라니… 이게 무슨 말인가 싶었다.
더구나 영업 쪽 개발 경력은 처음 듣는 소리였다.

　"……."

　"3년이나 하셨으니 알아서 잘하실 거라 믿겠습니다."

　3년이라는 말이 계속 귀에 거슬렸다. 결국 용호가 궁금증
을 참지 못하고 물어보았다.

　"3년이요? 저는 인턴 생활 6개월이 다인데요?"

용호의 말에 주범준의 인상이 팍 구겨졌다. 그러고는 혼자 나지막이 중얼거렸다.

"…하아, 이 사람이 또."

"……."

"일단 여기 앉아 계세요."

말을 마친 주범준이 찬바람을 쌩 일으키고는 자리를 떠나 갔다.

*　　　*　　　*

신세기 그룹은 국내 유통업계 1위의 회사였다. 그만큼 많은 개인 정보를 보유하고 있었다.

정단비는 자사가 제공하고 있는 서비스에 혹시 lovec@eaver. com으로 가입된 계정이 혹시 있는지 알아보라고 시켜두었다.

"제가 시킨 건 알아봤어요?"

"네."

"그래서 결과는요?"

"현재 저희 회사에서 일하고 있는 것 같습니다."

말쑥한 양복을 입고 보고를 하고 있는 남자는 정단비쯤이나 되는 사람이 왜 이런 걸 알아보라고 하는지 궁금했다. 그러나 바깥으로 티를 낼 수는 없었다. 그저 시키는 대로 묵묵히 해내는 것이 회사를 오래 다닐 수 있는 비결이라는 사실을 누구보다 잘 알고 있었다.

"우리 회사에서요? 부서가 어딥니까?"

그렇지 않아도 큰 정단비의 눈이 한층 더 커졌다. 우연이 겹치면 인연이 된다고 했던가. 우연히 눈에 띈 스택 오버 플라이의 한국 사람이 현재 같은 회사에서 일하고 있다는 사실에 묘한 두근거림을 느꼈다.

"그게… 정직원은 아니고, 외주로 들어와 있습니다."

"외주라… 어딥니까. 당장 같이 가보죠."

"알겠습니다."

정단비가 자리에서 일어났다. 일어나면서 생긴 향긋한 향기가 깔끔하게 정돈된 방안으로 퍼져 나갔다.

*　　　*　　　*

용호는 묵묵히 책상 정리를 마치고 자리에 앉았다.

환경은 인턴 생활을 할 때보다 더 열악했다.

컴퓨터의 사양에서 책상이나 의자의 질까지… 어느 것 하나 멀쩡한 것이 없었다. 의자는 높낮이 조절이 되지 않았고, 책상은 이곳저곳이 부서져 있었다.

인수인계라고는 사장이 던져준 USB 하나밖에 없었다.

'달랑 이거 하나 주고 투입하다니.'

맡은 업무는 ERP 유지 보수였다. 사장은 SM(System

Management : SI와 달리 기 개발된 시스템의 관리 업무)이기에 딱히 할 일이 없다며 혼자서도 충분하다는 말을 몇 번이고 강조했다.

미래정보기술에서 자신을 채용한 것을 알면 안 되기에 그쪽에서 관여할 수 없는 일에만 투입해야 한다고 했다. 그래서 겨우 찾은 곳이 이곳밖에 없다는 말을 몇 번이고 강조했다.

'좀 너무하네.'

용호가 앉아 있는 책상이나 의자가 과연 사용이나 할 수 있을지 의심되는 반면에 몇몇 자리는 겉으로 보기에 최신식을 자랑했다.

의자는 크고 안락해 보였고, 책상은 용호가 앉아 있는 책상의 두 배는 되어 보였다.

'신세기라.'

용호도 신세기 그룹을 익히 알고 있었다.

한 해 매출만 10조 원이 넘는 대기업.

용호도 신세기 그룹의 전산 계열사인 신세기 I&C에 지원했지만 낙방한 경험이 있었다.

열심히 작성했던 자소서를 생각하며 주변을 둘러보니 한 가지 명확한 차이점을 발견할 수 있었다.

책상과 의자의 질적 차이는 책상 위에 붙어 있는 이름표에 어떤 말이 적혀 있느냐에 따라 달라졌다.

신세기라고 적혀 있는 사람들의 환경과 용호처럼 외주라는 말이 적혀 있는 사람들의 환경이 달랐던 것이다.

'진짜 더럽고 치사하네.'

입안이 씁쓸했다. 씁쓸함을 없애려 주머니에 넣어두었던 사탕을 하나 털어 넣고 노트북에 USB를 꼽았다.

'일단 USB를 한번 살펴볼까.'

용호는 사장이 건네준 USB를 열어 ERP 시스템 구성도를 살펴보았다.

＊　　　＊　　　＊

"용호 씨, 그렇게 눈치가 없어요?"

용호는 이게 무슨 봉변인가 싶었다. 자리에 앉아 앞으로 어떤 일을 해야 할지 살펴보고 있던 용호를 불러낸 사장은 다짜고짜 화를 내기 시작했다.

"무슨 말씀이신지……."

"경력이 6개월이라고 했다면서요?"

"네."

용호는 당당하게 대답했다. 6개월을 6개월이라고 말했기에 일말의 거리낌도 없었다. 그러나 사장의 생각은 달랐다.

"잘 들어요, 용호 씨. 용호 씨는 이제부터는 ERP 관리를 3년 동안 했던 경험이 있는 겁니다. 특히 영업 관리 쪽으로요."

"잘 이해가 가지 않습니다만……."

"아, 그냥 시키면 시키는 대로 좀 하세요."

계속해서 의문을 제기하는 용호에게 사장이 버럭 소리를 질렀다. 그 모습에 용호도 슬슬 온몸에 피가 빠르게 돌기 시작했다.

"그 말씀은 지금 저보고 거짓말을 하라는 겁니까?"

"거짓말이 아니라 융통성 몰라요? 융통성. '갑'사에서 최소한 경력 3년 이상을 요구하고 있단 말입니다. 제가 용호 씨 넣으려고 얼마를 썼는지 아세요?"

"……."

"어차피 그리 어려운 일이 있는 것도 아니니까 일 관련해서 너무 걱정할 건 없어요. 그저 누가 와서 물어보면 경력 3년 맞다고, 온누리에서 병특했다고 말씀하시면 됩니다. 아시겠어요? 별로 어려운 일도 아니잖아요."

사장이 용호에게 조용하고 은근한 목소리로 말했다. 누이 좋고 매부 좋은 일 아니냐면서 용호를 설득했다.

"저는 그렇게 못 하겠습니다."

그러나 용호는 단호했다. 그런 단호한 모습이 사장의 화를 더욱 돋웠다.

"못 하면 해고야, 해고! 그리고 회사에 불이익을 끼쳤으니 정식으로 손해배상 소송 걸어도 괜찮다는 말이지?"

이야기를 나눌수록 상황은 점점 험악해져 갔다. 사장은 당근과 채찍을 섞어가며 설득했지만 용호는 흔들리지 않았다.

거짓말은 할 수 없었다. 지금까지 그렇게 배우지도 살아오지도 않았다.

"마음대로 하십시오. 저는 그럼 짐 싸겠습니다."

호기롭게 말하고 자리에서 일어났다. 자리에서 일어나는 용호를 사장이 붙잡았지만 금세 뿌리쳤다.

"이용호!"

*   *   *

"이용호 씨?"

자리로 돌아간 용호는 황당한 상황에 아무 말도 하지 못하고 가만히 서 있었다.

겉모습에서부터 압도되었다. 지수민과 최혜진도 꽤나 미인이었지만, 이건 연예인과 일반인의 차이였다.

용호의 자리에 다리를 꼬고 앉은 여자는 용호의 그런 반응에도 전혀 개의치 않고 계속 물어보았다.

"메일 주소가 lovec@eaver.com 맞나요?"

용호는 입을 열어 대답하지 않은 채, 그저 고개를 끄덕였다. 용호 뒤를 따라 들어왔던 온누리 소프트 사장도 멍하니 자리에 앉아 있었다.

"스택 오버 플라이에서 활동하고 계시죠?"

목소리에 사람을 상쾌하게 해주는 힘이 담겨 있는지, 어지러웠던 마음이 차츰 가라앉았다. 머리끝까지 차올라 있던 피도 아래로 내려가는 것 같았다.

　말을 할 수 있을 만큼 마음이 정리되었다.

　"맞습니다. 그런데 그건 어떻게……."

　갑자기 나타난 여자는 용호가 사이트에서 했던 일들을 정확하게 알고 있었다.

　여자는 용호가 스택 오버 플라이에서 했던 활동들을 하나하나 거론하며 물어보았다. 이야기를 나눌수록 자신에 대해 상세하게 알고 있는 여자의 정체가 궁금해졌다.

　용호가 그런 궁금증을 해소하기 위해 물어보기도 전에 여자가 먼저 자기소개를 시작했다.

　"안녕하세요. 신세기 그룹 스마트 쇼핑 전략 기획팀장 정단비라고 합니다. 방금 해고되신 것 같던데. 혹시 같이 일해볼 생각 있어요?"

　정단비가 자리에서 일어나 손을 내밀었다. 갑자기 내밀어진 손을 보며 용호는 순간 엉뚱한 생각에 빠졌다.

　'손가락도 예쁘네.'

　그리고 이내 손을 맞잡았다. 부드러운 감촉에 다시 마음이 어지러워졌다.

Chapter 2
결제 오류

신세기 그룹.

대한민국 3대 유통사 중 하나로 백화점, 할인마트, 명품 아웃렛 그리고 골목 상권 진출까지 돈 될 만한 분야는 닥치는 대로 출점하는 그룹 중 한 곳이다.

그룹 회장 정진용은 신년사에서 세계 최대의 온라인 쇼핑몰인 미국의 '밀림'처럼 소프트웨어 분야에 적극 투자하겠다는 의지를 밝혔다.

온라인 쇼핑은 10%, 20%가 아닌 30%, 40%씩 성장하고 있는 시장이었다. 소프트웨어에 대한 투자를 통해 온라인 시장을 공략하겠다는 것이다.

그러한 의지 아래 만들어진 것이 정단비가 속한 스마트 쇼핑 전략 기획팀이었다.

마침 정진용 회장의 셋째 딸인 정단비는 국내 최고의 대학 중 하나인 케이스트를 졸업한 수재.

일단 팀장이라는 직함을 주고 일을 한번 맡겨본 것이다.

그 정단비가 용호의 눈앞에 앉아 있었다.

청바지를 입었지만 매끈한 각선미를 숨길 수 없었다. 다리에 착 달라붙어 있는 바지는 노출이 전혀 없음에도 눈을 어디에 둬야 할지 모르게 만들었다.

"어떤가요? 용호 씨에게 나쁜 제안 같지는 않은데요."

"너무 갑작스러워서 좀 당황스럽습니다."

용호는 말을 더듬거리지 않아 다행이라 생각했다. 다년간의 알바 경험으로 사람을 상대하는 데 이골이 난 탓이었다.

"상세한 조건은 이야기를 나눠봐야 하겠지만, 기본적으로 저희 개발전문직군에 맞춰서 대우해 드리겠습니다."

자세한 이야기는 들어봐야 알겠지만 용호는 신세기라는 이름만으로도 어느 정도 결정을 내렸다.

미래정보기술과는 비교도 되지 않는 회사였다. 굳이 따지자면 KO통신사와 비견될 만했다.

갑작스러운 상황에 놀란 건 용호만이 아니었다.

용호 뒤를 따라왔던 온누리 소프트의 사장도 마찬가지였다. 정단비의 시선이 온누리 소프트 사장에게로 옮겨졌다.

"그리고 온누리 소프트 사장님?"

"아, 네. 사, 사장님."

"저는 사장이 아니라 팀장입니다. 여기 이용호 씨의 경력을 속이셨던데요. 사문서 위조인 건 아시죠?"

"저, 그게… 속인 게 아니라."

"손해배상으로 용호 씨를 고소하신다고 하셨다던데… 그전에 저희 법무팀을 먼저 상대하셔야 할 것 같습니다만."

같이 있지 않았음에도 정단비는 많은 걸 알고 있었다. 용호는 후련해하느라 이런 사실을 미처 눈치채지 못했다.

"여기 담당자가 누굽니까?"

정단비의 목소리는 싸늘했다. 용호에게 말할 때와는 분위기가 사뭇 달랐다.

"저, 접니다. 팀장님."

뒤에서 지켜보고 있던 주범준이 앞으로 나섰다. 주눅이 든 얼굴이 자신의 앞날을 예측하고 있는 것 같았다.

"CSR팀으로 가서 제가 보냈다고 하세요."

"티, 팀장님."

애걸복걸하는 주범준의 표정에도 정단비는 가차 없었다. 오히려 더욱 혹독하게 그를 몰아붙였다.

"아예 짐을 싸고 싶으면 계속 말씀하셔도 됩니다."

차가운 눈빛과 몇 마디의 말로 좌중을 사로잡았다. 어려 보이는 그녀가 뿜어내는 카리스마가 그녀가 걸어온 삶을 짐작케 했다.

＊　　　　＊　　　　＊

　정단비를 따라간 곳은 밖이 훤히 보이는 창가에 위치한 사무실이었다. 개인 간의 공간이 충분히 확보되어 있었고, 사무실에 자리 잡고 있는 집기들이 자신들의 가치를 온몸으로 표현하고 있었다.

　용호가 쭈뼛거리며 사무실로 들어섰다. 사무실로 들어서자 정단비가 뒤로 돌아서며 말했다.

　"일단 간단하게나마 면접을 봤으면 하는데 혹시 이력서 가진 것 있으세요?"

　고개를 돌리며 휘날려진 생머리에서 나는 향기에 용호는 순간 정신을 차리지 못했다.

　"이용호 씨?"

　"아, 네."

　"이력서 가지신 것 있냐고요."

　어병한 그의 모습에 정단비가 한쪽 눈을 찡긋거리며 물었다.

　"아, 있습니다. 그런데 가상 드라이브에 있어서……."

　"상관없어요. 그러면 잠시 저쪽 회의실에 앉아 계시겠어요?"

　용호가 회의실로 들어간 지 얼마 지나지 않아 남자 두 명과 정단비가 함께 들어왔다. 면접은 바로 시작되었다.

한 명은 손석호.

다른 한 명은 허지훈이었다.

개발의 손석호.

기획의 허지훈.

이렇게 두 명이 정단비의 왼팔과 오른팔 격인 사람들이었다. 먼저 날카로운 인상의 허지훈이 물어왔다.

"학교가 선민대학교시네요. 학점은 3.5……."

"네."

"어떤가요? 많이 배웠습니까?"

얇은 테두리의 안경을 쓴 허지훈이 용호를 바라보았다. 무표정한 얼굴에서는 일말의 감정도 느껴지지 않았다.

"어디 가서 못한다는 소리는 듣지 않을 정도로 배웠습니다."

이미 용호는 스스로의 실력에 자신감이 붙어 있는 상황이었다. 이런 용호의 자신감이 태도에서도 나타났다.

"그래요? 그러면 지금까지 어떤 걸 배웠죠?"

질문들이 귀에 거슬렸지만 딱히 용호를 무시하는 태도는 아니었다. 철저히 면접관의 입장을 견지하고 있었다.

"자바나 SQL, Html 같은 언어들과 각종 알고리즘, 시스템에 대한 이해 등 프로그래밍을 할 수 있는 기초 소양을 닦았다고 생각합니다."

용호의 답변에는 막힘이 없었다. 취업 준비만 몇 개월에 면접도 수차례 경험했다. 허지훈이 하는 질문들은 모두 용호가 경험했던 범위 내에 있는 것들이었다.

그리고 다른 한 명의 질문이 시작되었다. 날카로운 인상의 남자와는 정반대의 분위기를 풍기고 있었다.

"저는 손석호라고 합니다. 일단 저보다 학벌이 좋네요. 제가 방통대 출신이라… 기술적인 것 몇 가지만 물어볼게요. 객체지향의 의미가 뭐라고 생각하시나요?"

"프로그램을 단순히 데이터와 처리 방법으로 나누는 것이 아니라 수많은 '객체'라는 기본단위로 나누고, 이 객체들의 상호작용으로 보는 프로그래밍 방법입니다."

용호는 지극히 교과서적인 내용으로 답했다. 그러나 다음 질문은 용호도 지금껏 경험하지 못했던 것이었다.

"그러면 앞에 보이는 칠판에 객체지향적인 방법으로 소수를 구하는 프로그램을 손으로 코딩해 보시겠어요?"

여전히 웃고 있는 얼굴이었다. 그러나 그 얼굴이 용호에게 무섭게 다가왔다.

컴퓨터로 코딩을 하면 일단 프로그램 개발 툴에서 어느 정도 안내를 해준다. 만들어져 있는 함수를 사용한다면 해당 함수를 안내해 주고 프로그래밍 문법에 맞지 않아도 알람을 통해 알려준다.

그러나 손으로 하는 것은 다르다.

프로그램을 돌려보고 결과를 확인할 수 없을뿐더러, 버그 창을 활용할 수도 없었다. 더구나 지금까지 손으로 코딩해 본 경험이 전무하다시피 했다.

그렇다고 못한다고 할 수도 없었다.

기적처럼 찾아온 기회를 간단히 날려 버릴 순 없었다.

"알겠습니다."

자리에서 일어난 용호는 등 뒤에서 흐르는 식은땀을 느끼며 한 자씩 적어나갔다.

김원호가 시켰던 개발 툴 사용 금지 덕분에 자바에서 사용하는 대부분의 함수들을 기억하고 있었다. 더구나 소수를 구하는 문제는 그런 함수들을 몰라도 상관이 없었다.

IF문과 FOR문 그리고 사칙연산을 알고 있다면 해결할 수 있는 문제였다.

용호의 등에서 식은땀이 흐르는 이유는 객체지향적인 방법으로 코딩을 해야 한다는 것 때문이었다.

'일단, 소수 객체, 계산 객체로 나누고.'

용호는 보드 마카를 들고 칠판에 느리지만 정확하게 적어나갔다. 소수가 저장될 객체를 만들고 해당 소수를 계산하는 객체를 만들었다.

그리고 최종적으로 소수 객체와 계산 객체를 호출하여 결괏값을 만들어내는 객체까지, 총 세 개의 클래스로 구성했다.

용호가 손으로 코딩하는 모습을 보는 손석호는 여전히 웃는 얼굴로 이따금씩 고개를 끄덕일 뿐이었다.

"다했습니다."

10분쯤 지나자 용호가 펜을 놓고 칠판 옆에 자리를 잡고 섰다. 정단비와 허지훈은 칠판을 보고 있었다.

용호가 작성한 코딩에 대해 가타부타 말도 없이 손석호는 자리에서 일어나는 중이었다.

"저는 면접 끝났습니다. 몇 가지 아쉬운 점은 있지만 함께 일해볼 만하네요. 먼저 자리로 가봐도 되겠죠?"

팀장인 정단비가 있음에도 손석호는 거침이 없었다. 정단비 역시 그런 손석호의 행동에 전혀 구애받는 표정이 아니었다.

옆에 있던 허지훈만이 맘에 들지 않는 듯 인상을 찡그리고 있었다. 그러나 그러한 심정을 입 밖으로 꺼내지는 않았다.

"물론이죠. 그렇게 하셔도 됩니다."

"그럼."

손석호가 자리를 뜨고 나서 면접은 형식적으로 진행되었다. 몇 가지 간단한 질문이 오가고 금세 끝이 났다.

＊　　　＊　　　＊

합격.

이미 알고 있는 사실이었지만, 신세기 그룹 인사팀의 합격 전화를 받고 나자 더욱 현실적으로 다가왔다.

비현실적인 인물과 체감되지 않는 상황이 지나가고 가슴 벅

찬 현실이 다가왔다.

꿈에 그리던 합격.

선민대학 선배들 중 신세기 그룹을 다니는 사람은 없다고 봐도 무방했다. 미래정보기술과는 인지도와 복지 면에서도 비교가 되지 않았다.

"신세기 I&C 개발전문직군으로 합격되셨습니다."

용호는 소리라도 지르고 싶은 심정이었다. 지금까지 받았던 설움이 한 방에 씻겨 나가는 것 같았다.

"사원증에 들어가는 사진은 안내해 드리는 사진관에서 찍으시면 되고, 출근은 언제부터 가능하신가요?"

"일주일 뒤부터 가능합니다."

이미 정단비와는 일주일 뒤부터 출근을 하기로 이야기를 끝내놓았다.

충분히 백수 생활의 괴로움을 겪어보았기에 노는 건 일주일이면 충분했다. 전화를 끊은 용호의 얼굴에서 웃음이 끊이질 않았다.

그러한 용호의 변화를 용호의 어머니가 제일 먼저 알아차렸다.

"뭔 일 있냐?"

"나, 신세기 됐어."

"뭐, 신세기?"

용호는 일부러 별거 아닌 척 시크하게 대답했다.

"응. 거기."

"어이구. 잘됐네, 잘됐어!"

어머니는 박수까지 치며 기쁨을 감추지 못했다. 재계 30위권 안에 드는 그룹이다.

소위 말하는 대기업.

용호의 부모님도 너무나 잘 알고 있는 기업이었다.

"다음 주부터 출근하래."

"양복이라도 한 벌 사야 하는 것 아니냐?"

어머니는 옷부터 걱정하셨다. 당신의 옷을 사는 것에는 인색하면서도 자식에게는 항상 해주지 못해 미안해하셨다.

"아니야. 내가 취업한 기념으로 오랜만에 효도해야지. 같이 가자. 백화점 가면 직원 할인 20%야."

아직 사원증은 나오지 않았지만, 직원용 신용카드는 미리 만들 수 있었다.

인사팀 확인만 있으면 만들 수 있었고, 해당 카드로 결제하면 자동으로 20% 할인되었다.

이미 할인하고 있는 제품도 할인된 금액에서 20% 할인이 되었다. 처음에는 가지 않겠다고, 백화점 같은 데 안 가도 된다고 하던 어머니도 용호의 설명에 무언의 긍정을 표하셨다.

*　　　　*　　　　*

정말 오랜만에 와보는 백화점이었다.

대학생 때 잠깐 사귄 여자 친구에게 큰맘 먹고 명품 향수를 구매하기 위해 왔던 적을 제외하면 처음이었다.

그 처음을 어머니와 함께했다. 주말에도 일을 나가신 아버지 선물은 이미 정해놓았다.

백화점을 둘러보는 어머니의 눈빛이 반짝였다.

예쁜 물건을 좋아하는 건 어머니라고 해서 예외는 아니었다.

"이제 여름도 오니까, 위아래로 여름 옷 좀 살까?"

"이게 취업했다고 돈을 막 쓰려고, 엄마는 티 한 장으로도 충분해."

"20% 할인된다니까. 그리고 지금 세일 기간이라 세일하는 금액에서 또 20% 하면 얼마 안 해."

용호는 할인이 된다는 말로 어머니를 설득했다. 그런 용호의 말에 어머니도 마음이 동했는지 이것저것 살펴보기 시작했다.

몇 번 옷을 몸에 대고 거울을 보던 어머니가 가격표를 보고는 옷을 내려놓았다.

그 모습을 용호가 놓치지 않았다.

"그거 괜찮네."

"안 괜찮아. 별로야."

"괜찮다니까 그러네. 빨리 입어봐."

어울렸다.

어머니도 꽤 마음에 드는 눈치였다.

어디서 산 것인지도 모를 후줄근한 옷들과는 달랐다. 그 모습이 너무 보기 좋았다.

만류하는 어머니를 뿌리치고 용호가 계산대 앞에 섰다. 그리고 얼마 전 발급받은 카드를 꺼내 들었다.

"여기 직원 할인 되죠?"

용호는 돌아보지 않아도 어머니가 얼마나 뿌듯해하는지 느껴졌다.

부모란 자식이 밖에서 인정받는 모습에 가장 큰 즐거움을 느끼니까.

"네, 됩니다. 잠시만요."

카드를 받아 든 직원이 결제를 위해 POS(Point of Sales : 결제할 수 있는 단말기)기에 카드를 긁었다.

그러고는 이상하다는 듯 고개를 갸웃거렸다.

"죄, 죄송합니다, 손님. 현재 결제가 진행이 안 되세요."

"네?"

말을 하는 직원의 얼굴에 당혹감이 서렸다.

그러나 문제는 해당 매장에서만 일어나는 것이 아니었다. 매장 곳곳에서 갑작스러운 문제에 부딪친 직원들이 식은땀을 흘리며 손님들을 상대하고 있었다.

결제 오류.

백화점에서 결코 일어나지 말아야 할 일들 중 하나였다.

                    *   *   *

쾅!

"무슨 소리야 결제가 안 된다니."

보고를 받던 허지훈이 자리를 박차고 일어났다. 얼음같이 차가운 얼굴은 이미 무너져 있었다.

"그게, 이번에 기획한 모바일 기프트 상품권 결제를 위해서 모듈을 추가한 후에 몇몇 POS기에서 결제 오류를……."

"문제가 뭐야!"

"현재 파악 중에 있습니다."

보고를 받던 허지훈이 손석호를 씹어 먹을 듯 바라보았다.

"수석님. 분명 프로그램에는 이상이 없다고 하시지 않았습니까."

"네. 제가 만든 프로그램에는 이상이 없는데요."

"그런데 지금 이 상황은 뭡니까."

"그거야 저도 모르죠."

태연한 그의 반응이 허지훈을 더욱 화나게 했다. 그리고 허지훈의 이성을 완전히 날려 버리는 한마디가 뇌리를 파고들었다.

"그러게 내가 애초에 기획부터 이상하다니까."

말이 기프트권이지 상품권의 다른 말일 뿐이었다.

그걸 모바일로 결제를 가능케 하겠다는 것이 기획의 핵심이었다.

아무런 독창성도, 창의성도 느껴지지 않는 기획.

당장 성과를 내고 싶었던 허지훈이 강력하게 어필하여 개발이 진행되었다.

백화점 세일 기간에 맞추어 시스템 오픈을 하고 싶었기에 개발 일정은 무리하게 단축되었다.

결국 문제가 터진 것이다.

"뭐라고요!"

허지훈이 불같이 화를 냈지만 손석호는 미동도 없었다. 허지훈 쪽은 쳐다보지도 않았다. 이미 여러 번 겪은 일인지 그저 담담히 모니터만 바라볼 뿐이었다.

"그렇게 외주, 외주 노래를 부르더니만……"

손석호는 영 허지훈이 마음에 들지 않는 눈치였다. 성과에만 집착해 몇몇 외주 개발사를 경쟁시켜 개발 단가를 낮추었다.

내재적 역량 향상에는 관심이 없었다.

오로지 계산기를 두드려 짧은 기간에 싸게 좋은 결과물을 만드는 것에만 관심이 집중되어 있었다.

인간을 숫자로 대했다.

물론 정단비의 승인 없이는 추진될 수 없었다.

정단비도 팀을 만든 후 빠르게 성과를 내고 싶어 허지훈의 무리한 일정을 승인했다.

그 일이 부메랑이 되어 돌아온 것이다.

회의실에 스마트 쇼핑 전략 기획팀장 이하 모든 사람이 모여 있었다.

"그래서 해결 방법은요?"

"일단 POS기 말고 여분의 CAT 단말기를 세팅해서 결제할 수 있도록 했습니다."

"외주 개발사에서는 뭐라고 합니까?"

"그게 자기들 쪽에서는 전혀 이상이 없다고……."

"하아……."

주로 정단비가 묻고 허지훈이 답했다. 나머지 사람들은 그저 침묵을 지키고 있을 뿐이었다.

그러나 유독 눈에 띄는 사람이 한 명 있었다.

쩝, 쩝.

"손 수석님."

"아, 네."

손석호가 입에 물고 있던 단팥빵을 내려놓았다.

"수석님 생각은 어떻습니까?"

"제 생각요? 제 생각은 처음부터 이걸 하지 말았어야 한다고 생각합니다."

"아, 아니 그런 것 말고 지금 생긴 버그, 해결할 수 있을까요?"

어떤 에러 내용도 남기지 않고 결제 프로그램이 그냥 죽어 버렸다. 정단비의 얼굴에 답답함이 묻어 나왔다.

야심차게 시작한 일이 첫 단추부터 잘못 끼워진 것이다.

—음, 오, 아, 예, 너에게 빠져들겠어. 자꾸 반응하잖아!

손석호는 그런 정단비는 안중에도 없는지 핸드폰을 진동으로 바꿔 놓지도 않았다.

"잠시만요."

그러고는 그대로 전화를 받았다. 그 모습이 허지훈을 더욱 화나게 만들었다.

*   *   *

"결제가 안 돼요?"

"아, 네. 죄송합니다. 손님. 잠시만 계시면 다른 단말기를 가져와서 바로 결제해 드리겠습니다."

당황스러운 표정으로 점원이 어쩔 줄을 몰라 했다. 다른 매장도 상황은 비슷했다. POS기로 결제를 진행하는 곳은 하나같이 같은 문제를 일으키고 있었던 것이다.

결제를 할 수 있는 단말기가 POS기만 있는 것이 아니었다. POS기가 데스크톱이라면 노트북과 같이 휴대하여 결제할 수 있는 휴대용 단말기가 있었다. 점원이 말하는 단말기가 바로 그것이었다.

"흠……."

용호는 다른 생각을 하고 있었다. 아직 입사하기 전이지만 지금 나타나고 있는 문제를 해결하면 점수를 딸 수 있지 않을까?

회사의 핵심 인재로 인정받으며 승승장구할 수 있는 기회가 될 것 같은 느낌이 들었다.

아무리 못해도 적극성과 열정을 인정받아 꽤 괜찮은 이미지를 구축할 수 있을 것이다.

생각을 마친 용호가 한 발 앞으로 나섰다.

"저기… 제가 신세기 전산팀인데 잠깐 컴퓨터 좀 봐도 될까요?"

아직 사원증은 나오지 않았지만 신용카드로 직원임은 확인되었다.

신용카드에 적힌 010이라는 숫자가 신세기 정직원에게 발급된 카드라는 것을 증명해 주었다. 더욱이 용호가 무리한 요구를 하는 것도 아니었다.

"그냥 제가 보는 앞에서 결제를 한 번 더 해보시면 됩니다."

그걸로 충분했다.

단 한 번의 시도로 버그는 확인되었다.

*　　　　*　　　　*

손석호에게 전화를 한 건 용호였다.

"팀장님. 이용호입니다."

"아, 그래요. 용호 씨. 무슨 일이죠?"

"그게 제가 백화점에 잠깐 왔는데 결제 오류가 나고 있어서요. 이곳만 그런 것이 아니라 전체 매장이 지금 난리라서… 뭔가 큰일이 났나 싶어 전화드렸습니다."

용호의 전화를 받은 손석호가 자그맣게 미소 지었다. 아직 정식으로 회사에 출근하지도 않았지만 열정이 대단했다.

"거기가 어딥니까?"

"한티역 쪽입니다."

한티역 쪽이면 테스트 베드로 선정한 지점이 맞았다.

"맞습니다. 문제가 발생했어요."

"아, 제가 본 게 맞군요. 그래서 제가 잠깐 봤는데요……."

용호는 이번 일을 통해 앞으로의 입장을 정리할 생각도 있었다.

김원호에게 당했던 것처럼 괜히 나섰다가 정을 맞을 것인가. 아니면 인정을 받을 것인가에 대한 계산도 깔려 있었다.

만약 잘난 체를 한다는 소리를 듣는다면 오래 있을 생각이 없었다.

용호의 말에 손석호가 그게 무슨 말이냐는 듯 물어왔다.

"아, 그래요? 소스를 봤다는 말인가요?"

손석호의 목소리가 절로 커졌다.

아직 회사에서 지급된 컴퓨터도 없는 상황.

해당 프로그램의 소스를 본다는 건 말이 되지 않았다.

"아, 그게 아니라 어떤 증상인지 확인해 봤습니다."

"그래서 결론은요?"

회의실에 있던 모두가 손석호를 쳐다보고 있었다.

듣는 귀가 있었기에 손석호가 얘기하고 있는 것이 지금 발생하고 있는 문제와 직접적인 관련이 있다는 것을 알고 있었다.

*　　　　*　　　　*

모두가 나간 회의실에 손석호와 정단비만이 남아 있었다. 정단비가 놀란 목소리로 물었다.

"정말 된다고요?"

"네. 개발사를 불러서 모니터 펌웨어 버전을 낮추니까 정상적으로 돌아갑니다."

"후아… 이거 생각보다 대어를 낚았는데요."

"저는 팀장님 안목에 놀랐습니다."

소스 수정이 필요치 않았다.

POS기에 달린 광고용 모니터의 펌웨어(하드웨어를 제어하기 위한 마이크로프로그램) 버전이 문제였다.

모니터를 공급해 주는 업체에서 프로그램 개발 당시 진행했던 펌웨어와는 다른 최신 업데이트 버전의 펌웨어를 제공했고 그것이 충돌을 일으켜 문제를 발생시켰던 것이다.

"저도 이 정도일 줄은 몰랐습니다… 아무리 우연이라고는 해도. 이건 말이 안 되는 수준인데."

손석호에게 전화한 용호는 펌웨어 문제를 거론했다.

버그 창이 알려준 대로 펌웨어를 다운그레이드(버전을 낮추는 행위)해야 한다고 말했다.

사실 손석호는 용호의 말이 믿기지 않았다. 그러나 신입 사원이 적극적으로 밀고 들어오는 상황.

용호가 전화를 하기 위해 어떤 용기가 필요한지 누구보다 잘 알고 있었다.

밑져야 본전이라는 생각에 용호의 말대로 일을 진행하였다.

결과는 대성공.

그러나 한 가지 풀리지 못한 숙제가 남아 있었다.

용호의 실력.

문제가 발생한 현상만 보고도 원인을 파악하고 해결책을 제시했다.

그것이 손석호와 정단비를 놀라게 하는 중이었다.

"뭐. 어쨌든 실력이 좋은 게 나쁜 일은 아니지 않습니까."

"그래요. 그건 그렇지만 제가 감당하지 못할 인재가 아닌지 모르겠습니다."

"그러면야 더더욱 좋죠. 어쨌든 제 바로 옆에 붙여주세요."

"네, 그런 거야. 뭐."

생각보다 인물이 들어왔다는 사실에 손석호가 어린아이처럼 즐거워했다.

* * *

보고를 받던 김만호 이사가 인상을 찌푸렸다. 듣고 싶지 않은 이름이 거론되었다.

"조건?"

"네. KO통신 쪽에서 이용호를 포함시켜 달라고 합니다."

"그놈 퇴사시켰지?"

"네."

이마를 짚고 고민을 하던 김만호가 이내 말을 이었다.

"어쩔 수 없지. 퇴사했다고 말해."

"그게 고진성 부사장 쪽에서 내려온 말이라 계약에 영향을 미칠 수도 있어서……."

"그럼 어쩌자고!"

"알아보니 얼마 전까지 취업이 안 돼서 안병훈에게도 연락이 왔다고 했습니다. 재입사시키는 건 어떨지……."

프로젝트를 진행해 보면 '갑'사에서 선호하는 인물들이 생긴다. 그리고 몇몇 사람들은 꼭 포함시켜 달라는 조건이 걸리기도 한다.

용호를 인상 깊게 봤던 KO통신 부사장인 고진성이 조건을 단 것이다.

"하아… 꼭 그렇게까지 해야 돼?"

"이번 건의 규모만 해도 50억이 넘고, 차후 회사 포트폴리오로서의 이용 가치까지 생각하면 꼭 따야 합니다. 더구나 회장님도 관심을 두고 지켜보신다고 하십니다. 최대한 만전을 기해야 하지 않겠습니까."

KO통신사의 콘텐츠 추천 시스템인 '퍼스널 시스템'은 이미 미래정보기술에서 유지 보수를 맡고 있었다.

퍼스널 시스템을 고도화하여 'K―추천' 이라는 타이틀을 달고 프로젝트를 추진 중이었다.

규모만 50억 이상, 더구나 추천 시스템은 앞으로 회사의 주요 먹거리로서 일익을 담당할 시스템이었다.

특히 추천 시스템을 구축하는 데 중요한 것은 기존 데이터다.

데이터가 존재해야 해당 데이터를 다양한 방법으로 마이닝을 해보며 추천 데이터가 제대로 추출되는지 테스트를 해보고 상용 서비스에 적용해 볼 수 있었다.

국내 최대 통신사인 KO통신사는 그런 면에서 최고의 테스트 베드였다.

기술력을 바탕으로 타 분야에 적용한다면 황금 알을 낳는 거위가 될지도 몰랐다.

미래정보기술로서는 꼭 해당 시스템을 수주해야 할 이유가 충분했다.

"알았어, 병훈이한테 한번 연락해 보라고 해봐."

회장님까지 관심을 두고 지켜본다는 말에 김만호도 더 이상 고집을 피울 수가 없었다.

K—추천 고도화 사업을 따내는 일은 앞으로 자신이 이사에서 사장으로 갈 수 있는 지렛대 역할을 할 수도 있었다.

*   *   *

일을 하고 있던 강성규는 난데없는 말에 당황스러움을 감추지 못했다.

"네? 저보고 용호한테 연락을 해보라고요?"

"그래, 위에서 용호 씨를 재입사시켰으면 하더라고."

"그런데 그걸 왜 제가."

"당시 사수였던 안병훈이 갔는데 퇴짜 맞았어. 그래도 너는 같은 대학 나왔으니 친했을 거 아냐."

PM의 말에 강성규는 난처함을 감추기 힘들었다.

친한 건 사실이었다.

그러나 이런 일을 위해 쌓아온 관계가 아니었다. 그러한 사실을 강성규도 충분히 인지하고 있었다.

"제가 얘기한다고 들을 친구가 아닌데……."

강성규는 완곡히 거부 의사를 표현했다.

그러나 회사의 명령 체계에서 강성규의 의사는 중요치 않았다.

"야, 해보지도 않고 무슨 말이 그래."

"……."

"잘되면 위에서 점수 좀 얻고, 안 돼도 너한테 불이익은 없을 테니까 한번 말이라도 해봐."

끈질긴 PM의 권유에 강성규의 머릿속이 어지러워졌다.

그러나 강성규도 알고 있었다.

미래정보기술에 계속 다니기 위해서 자신이 어떤 행동을 해야 할지.

안병훈의 연락을 받은 용호는 이미 취업을 했다는 말로 완곡하게 거절 의사를 표시했다.

이미 자신을 한 번 버린 회사.

다시 들어갈 이유가 없었다.

안병훈의 연락이 끝나자 이번에는 강성규에게서 연락이 왔다. 취업 기념으로 한번 만날 생각을 하고 있었기에 용호도 흔쾌히 응했다.

"어, 형! 오랜만이에요."

"아, 그래."

"오늘은 내가 고기 살게요."

그동안 얻어먹은 것이 많았다. 뿐만 아니라 프로그래밍 실력을 키우는 데 있어서도 강성규는 은인이었다.

이제야 조금이라도 빚을 갚을 수 있다는 생각에 들뜬 용호의 표정과는 다르게 강성규의 안색이 어두웠다.

"형, 고기 타겠다. 어서 드세요."

용호가 다 익은 고기 한 점을 집어 강성규의 앞 접시에 놓았다. 앞 접시에 놓인 고기를 물끄러미 보던 강성규가 소주를 한 잔 입에 털어 넣더니 말을 꺼냈다.

"안 과장님 연락받았었지?"

"네. 취업됐다고 해서 거절했어요."

"흠… 어렵게 취업했다고……."

"형 혹시 블랙리스트라고 들어보셨어요? 와, 내가 진짜 회사에 얼마나 많은 일을 하고 나왔는데, 제가 거기 등록돼 있다는 거 아니겠어요. 참내, 어이가 없어서."

"……."

"형도 거기서 최대한 빨리 나오세요."

용호가 열변을 토하며 말을 이어갈수록 강성규의 얼굴은 더욱 어두워졌다. 연거푸 소주를 마셔댔다.

"용호야. 내가 부탁이 있는데 혹시 들어줄 수 있니?"

"당연하죠. 형이 저한테 해준 게 얼만데. 뭔데요, 말만 해주세요."

호기로운 용호의 목소리에 강성규가 용기를 얻었는지 어렵게 말을 내뱉었다.

"블랙리스트에서 빼줄 테니까… 미래정보로 다시 돌아올

수 있을까?"

"형, 그, 그건……."

용호가 입맛을 다시며 난처한 표정을 지었다. 복지 차원이
나 앞으로 미래를 보더라도 신세기가 나았다.

그러나 강성규의 말이었기에 차마 바로 거절하지는 못했다.

"…그래, 어렵겠지."

"죄송해요……."

"……."

침묵하고 있는 강성규를 보며 이번에는 용호가 술잔을 들
어 입에 털어 넣었다.

그리고 확실하게 말해두어야겠다고 생각했다. 안병훈에 이
어서 강성규까지 이용하는 모습에 미래정보기술에 대한 오만
정이 다 떨어졌다.

"미래정보기술에 알려주세요. 다시 가는 일은 절대 없다
고… 형한테는 미안해요. 대학 때 신세는 꼭 갚을게요."

용호는 조용히 자리에서 일어나 카운터에서 계산을 마쳤다.

문을 열고 나갈 때까지 강성규는 자리에서 일어나지 않은
채 그저 조용히 홀로 술잔을 기울일 뿐이었다.

Chapter 3
코딩의 기본

대기업은 사원증부터 남달랐다.

트렌디하고 디자인을 중시하는 기업이어서인지, 사원증도 신경을 썼다는 표시가 팍팍 났다.

용호는 사원증을 목에 건 자신이 주목받는 듯한 느낌에 신경이 쓰였지만, 그 느낌이 과히 싫지만은 않았다.

번쩍번쩍한 건물.

그 안에 자리한 럭셔리함이 왜 대기업, 대기업 하는지 알려주는 것 같았다.

사무실로 들어선 용호가 '사원 이용호'라고 이름표가 붙어 있는 곳에 앉았다.

'좋네.'

용호가 위치한 사무실은 신세기 내에서도 남달랐다. 회장 직계인 정단비가 추진 중인 팀이었기에 개인 공간에서부터 사무, 집기까지 최고급을 자랑했다.

자리에 앉아 있던 용호를 정단비가 불렀다.

"용호 씨, 잠깐 회의실로 와요."

회의실에는 용호가 면접에서 봤던 사람들이 자리하고 있었다.

허지훈.

손석호.

그 외에도 앞으로 같은 사무실에 근무하게 될 사람들에 대한 소개가 이어졌다.

허지훈이 영 마땅찮다는 표정을 짓고 있었지만 별다른 말은 없었다.

몇몇 사람들이 눈인사를 해왔다. 결제 에러를 해결함으로써 용호는 이미 개발팀 사이에 이름이 알려져 있었다.

"아, 그 결제 에러 해결한 그분이구나."

"진짜? 이야, 이거 실제 얼굴을 보니 감격인데?"

"앞으로 잘 부탁해요."

소스를 보지도 않은 채 결제 에러를 해결한 능력자로 알려져 있었다.

조촐한 소개 시간이 끝나고 손석호가 용호를 따로 불렀다.

"반가워요. 내 이름이야 알 테고, 용호 씨한테 거는 기대가
아주 큽니다."

한 치의 거짓도 없는 진심이었다.

손석호는 솔직히 놀랐었다.

코드를 보지도 않고 문제를 예측했고, 설마 했던 의심을 확
신으로 바꾸어주었다.

겉으로 표현하고 있지는 않지만 혹시 천재가 아닐까 하는
생각까지 가지고 있었다.

POS기의 프로그램은 일반적인 JAVA가 아닌 베이직이나 C#
과 같은 언어를 사용한다. 용호가 해결했던 결제 프로그램도
C#을 이용하여 작성된 프로그램이었다.

더욱이 용호는 아직 실제 개발 경력이 1년도 되지 않았다.

앞으로 훌륭한 프로그래머로 키워볼 마음이 충분했다.

"아, 네."

"혹시 이때까지 작성한 코드 있어요? 있으면 좀 보고 싶어
서요."

손석호가 입에 단팥빵을 문 채 물었다. 우물거리며 빵을 먹
는 모습이 영락없는 유치원생 같았다.

겉모습은 격의 없어 보여도, 이미 정단비로부터 들은 이야
기가 있었다.

아치 재단의 정식 프로젝트 중 하나인 maut의 커미터.

maut은 정확히 기계 학습용 라이브러리였다. 비슷한 특성을 가진 데이터를 분류하고 정의하는 작업 및 협업 필터링(Collaborative Filtering : 추천 알고리즘 종류 중 하나)을 수행할 수 있었다.

과연 오픈 소스 커미터의 실력은 어느 정도 될까 용호도 궁금했다. 마침 용호가 예전부터 끙끙대며 아직 완성하지 못한 프로그램이 하나 있었다. 인드로이드와 관련된 커스터 마이징 뷰 관련 소스였다.

"제가 인드로이드 뷰 관련 소스를 하나 겟 허브에 올리려고 만들어둔 게 있습니다."

용호는 만들려고 하는 뷰에 대해 차분히 설명을 마쳤다. 그 이야기를 들은 손석호가 흥미를 보였다.

"그거 재밌겠는데요?"

그 모습에 용호가 용기를 얻어 더욱 자세하게 설명을 이어 갔다.

그리고 이참에 잘 풀리지 않던 궁금증도 하나 물어보았다.

"이게 터치를 하면 화면이 유리처럼 깨지면서 사라지는 뷰인데, 제가 어렵다고 생각하는 부분이 터치하는 면적에 따라서 깨지는 효과가 달라져야 하는 부분입니다. 그 부분이 쉽지 않네요."

용호는 WindowView라는 이름도 붙여 두었다. View를 상속하고 커스터 마이징 뷰를 만들기 위한 필수 메소드들을 추가했다. 그리고 터치하는 부분을 찾아 해당 지점을 중심으로 깨지는 효과도 연출했다.

딱 한 가지.

터치하는 면적에 따라 깨지는 부분이 달라지는 효과를 아직 추가하지 못했던 것이다.

그 부분을 아직 해결하지 못해 겟 허브에 올리지 못하고 있었던 것이다.

"일단 소스를 좀 볼까요?"

용호가 개인 SVN계정에서 소스를 내려받아 손석호에게 보여주었다. 그리고 하나씩 설명을 해나가기 시작했다. 소스는 주석으로 시작되고 있었다.

```
**
* 터치 시 유리가 깨지는 효과를 나타내는 뷰.
*
* @author lee yong ho
* @version 1.0, 2015.3.1 효과 강도 메서드 추가
* @see   None
*/
```

"오, 주석이 깔끔한데요?"

개발 시간에 쫓기다 보면 프로그램에 주석을 달지 않는 경우가 태반이었다. 손석호가 용호의 코드를 보고 놀라는 것도 무리는 아니었다.

"감사합니다."

"한 가지 아쉬운 점이 있다면 주석을 좀 더 자세하게 달았으면 좋겠네요. 터치 시 유리가 깨지는 효과를 나타내는 뷰에 어떤 기능들이 있으며, 어떤 메소드에 어떤 값들을 사용해서 사용하면 되는지 등등. 그래도 기본 원칙은 잘 따른 것 같아요."

주석을 다는 방법에는 몇 가지 기본 원칙이 있었다.

중복은 피하고 특수 문자는 포함하면 안 된다.

문서 주석은 메서드, 생성자 정의 블록 내부에 위치하면 안 된다, 등등.

용호는 이러한 기본적인 원칙은 충실히 지키고 있었다.

손석호는 용호가 미처 신경 쓰지 못한 부분들을 지적해 주었다.

"자, 다음 라인 볼까요?"

간단하게 조언이나 받을까 시작한 일이 어느새 코드 리뷰로 바뀌고 있었다.

오픈 소스 커미터는 확실히 달랐다.

"지금 method명이 widowWidth라고 쓰여 있는데, 이건 어떤 method죠?"

"유리처럼 쪼개지는 효과가 퍼지는 범위를 계산하는 method입니다."

"흠… method명의 명명 규칙 혹시 알고 있어요?"

"그게 기억이 잘……."

메서드와 변수를 구분을 위해, 변수는 명사 단어로, 메서드는 동사 단어로 시작하는 것이 관례였다.

"method명의 시작은 동사로, 그러므로 method명을 computeWidowWidth로 바꾸는 게 더 낫지 않겠어요?"

"네……."

"결제 오류 버그는 그렇게 손쉽게 해결한 분치고 소스의 질이 높지는 않군요."

손석호는 거침없이 말했다. 틀린 말이 하나 없었기에 용호는 아무 말도 하지 못했다.

버그 창 덕분에 버그 해결에는 남다른 능력을 보이고 있었지만, 아직 프로그램 개발에 관련된 부분들은 배워야 할 것들이 많았다.

그리고 용호는 자세가 되어 있었다.

"앞으로 많이 가르쳐 주십시오."

"하하, 그런 당당한 태도는 좋아요. 어차피 지금 말한 것들은 코딩을 처음 시작하는 사람들이 많이 하는 실수니까요. 새로운 프로그램을 개발하는 것도 좋지만 항상 기본을 기억하고 지키도록 노력해야 해요. 그렇지 않으면 아무리 기발한 프로그램을 겟 허브에 올려도 누구도 봐주지 않아요. 맞춤법이 맞지 않는 소설을 누가 보고 싶겠어요? 기본부터 확실히."

용호는 궁금증도 해결하지 못한 채 3시간이 넘게 코드 리뷰를 하고 나서야 손석호의 손에서 벗어날 수 있었다.

안병훈과는 차원이 다른 꼼꼼함이었다.

변수명 하나하나, method명 하나하나, 들여쓰기 하나까지 지적했다.

손석호는 마치 코드를 예술 작품 대하듯 보는 것 같았다.

100% 완벽할 때까지 수정하는 것은 물론이고 코드가 아름다워 보일 때까지 수정을 종용했다.

아무리 프로그래밍을 재미있어하는 용호라도 치가 떨릴 정도였다.

*　　　*　　　*

"뭐? 신세기에 들어가서 우리 회사에 못 오겠다고?"

"네."

"하아… 이제 갓 대학 졸업한 놈 하나 없다고 계약에 지장 있는 건 아니겠지?"

보고하는 남자를 김만호가 눈에서 레이저를 쏘듯 째려봤다.

그 시선이 부담스러웠는지 남자가 서둘러 대답했다.

"무, 물론입니다."

"알았어. 나가봐."

남자가 나가자 김만호가 핸드폰 연락처를 뒤졌다.

신세기 박기춘 상무.

이름을 확인한 김만호가 전화를 걸었다.

이미 서로 아는 사이인 듯 간단한 인사말이 오가고 본론으로 들어갔다.

"예전에 말씀하셨던 신세기 추천 시스템 구축이 어떻게 진행되고 있나 해서 연락드렸습니다."

─그 건이 정단비 팀장에게 거의 넘어가서 말입니다. 미래정보에 개발을 맡기는 건 아무래도 힘들지 않나 싶습니다.

"그래서 제가 제안할 게 하나 더 있습니다. 앞으로 신세기에 들어가는 키오스크(무인 정보 단말기) 50대를 저희가 무상으로 제공해 드리려고 합니다. 위에서도 이미 이야기가 끝났고요. 대신 사용자들이 키오스크를 사용한 데이터만 받으면 됩니다."

키오스크.

지도를 표시해 주는 무인 정보 단말기로 터치를 통해 사용자들이 가고 싶은 장소를 안내해 주는데 주로 사용되는 장치였다.

미래정보기술은 키오스크에서 발생되는 데이터를 분석하여 서비스를 만들겠다는 계산이 깔려 있었다.

오히려 미래정보기술에서 키오스크를 공짜로 넣어줄 테니

데이터를 달라고 사정을 해야 하는 상황이었다. 소비자들이 몇 시에, 어떤 장소에 주로 가는지와 같은 행동 패턴과 관련된 데이터는 수집하기 자체가 힘들었다.

개인 정보에 대한 민감성도 문제였지만 해당 정보를 수집할 방법도 마땅찮았다.

백화점이나 할인 마트는 그런 면에서 데이터를 얻기 위한 최적의 장소였다.

그야말로 데이터가 가치가 있는 세상이 온 것이다.

그것을 김만호가 마치 공짜로 주는 양 너스레를 떤 것이다.

기술에 대해서는 문외한이나 다름없는 신세기 박기춘 상무는 그런 김만호의 말에 놀란 듯 되물었다.

─키오스크를 말입니까?

"네. 이미 잘 아시다시피 저희야 KO통신에서도 몇 년간 추천 서비스를 제공한 노하우가 있지 않습니까. 거기에 앞으로 KO통신사의 차세대 추천 시스템인 K─추천도 저희 쪽 수주가 거의 확실하다시피 한 상황입니다. 정단비 팀장의 능력이야 우수하시겠지만 다른 쪽으로 힘을 쏟으셔야 하지 않겠습니까."

─하하하, 안 그래도 그것 때문에 내부에서 말이 많은 참이었는데.

"듣기로는 정단비 팀장님이 얼마 전에 문제아를 하나 채용하셨더군요. 저희 쪽에서도 문제가 많아서 채용하지 않는

데 이용호라고……."

─그래요?

"네. 뭐 아직 사원에 불과하지만 정단비 팀장님의 우수한
능력에 혹시나 해가 가지는 않을까 하여 말씀드리는 겁니다."

─흐… 음.

"정진훈 사장님께 잘 좀 말씀해 주십시오."

정진훈.

정단비의 오빠이자 신세기 그룹 정진용 회장의 차남이었다.

만만치 않은 야심가로 정단비와는 대립각을 세우고 있었
다. 박기춘은 바로 그 정진훈 라인이었다.

─일단 알겠습니다.

"네. 그럼 좋은 소식 기다리고 있겠습니다."

전화를 끊은 김만호가 수첩을 펼쳤다.

사장 김만호.

미래정보기술에서 사원으로 시작해 이사 자리까지 차지한
김만호의 최종 목표가 그곳에 적혀 있었다.

        *   *   *

"뭐부터 하면 될까요?"

용호가 의욕적으로 달려들었다. 그러나 손석호의 대답은
엉뚱했다.

"그 유리 효과 나는 화면, 다 완성했어요?"

"아, 아직입니다."

"그러면 그것부터 완성하도록 해요. 아주 완벽하게."

"네?"

손석호가 하는 말을 용호가 제대로 이해하지 못한 듯 보였다. 간단한 질의응답으로 끝날 줄 알았던 시간이 코드 리뷰 시간으로 변했었다.

그때까지만 해도 길어야 한 시간이면 끝날 것이라 생각했다.

오판이었다.

일도 없는지 장장 3시간을 붙어서 한 줄 한 줄 꼼꼼하게 살펴보았다.

그런데 지금 손석호는 그때의 코드가 아직 부족하다 말하고 있었다.

"이런 말해서 미안한데. 아직 용호 씨는 나랑 코웍할 실력은 안 되는 것 같아. 버그는 좀 해결할 수 있을지 몰라도, 개발 능력은 글쎄… 뭐, 앞으로 배워서 잘 해나가면 되니까. 내가 옆에서 봐줄게. 일단 유리 효과 화면을 완벽하게 만들면서 실력을 쌓도록 해요."

손석호는 다른 사람의 가슴에 비수를 찌르는 말을 잘도 했다. 그 말을 들은 용호의 표정이 당황스러움으로 물들었다. 미래정보기술에서도 실력을 인정받아 버그 수정 톱을 달렸다.

더구나 누구도 해결하지 못했던 KO통신사의 핵심 시스템에서 발생한 문제까지 해결했었다.

실력이 안 된다는 말은 대학생 이후로 처음이었다.

"제, 제가 실력이 안 된다고요?"

"이해를 못 하겠다는 눈치네요. 그럼 질문을 하나 해도 될까요?"

"네."

대답을 하는 용호의 표정이 사뭇 진지해졌다. 이렇게 쉽게 무시당할 만큼 허투루 살지 않았다.

어디 한번 해봐!

"자바의 캡슐화가 뭔가요?"

"캡슐화란 데이터와 데이터를 처리하는 함수를 하나로 묶는 것으로, 객체 외부에서는 개체 내부 정보를 직접 접근하거나 조작할 수 없고, 외부에서 접근할 수 있도록 정의된 오퍼레이션을 통해서만 관련 데이터에 접근할 수 있게 하는 것입니다. 장점으로는……."

용호의 설명에는 막힘이 없었다. 마치 미리 답변을 준비해놓기라도 한 듯 설명해 나갔다.

"그런데 왜 용호 씨가 작성한 코드에는 캡슐화가 안 보이죠?"

"아, 안 보인다는 게 무슨 말씀이신지."

"코드 띄워보세요."

한차례 진행했던 코드 리뷰가 다시 시작됐다.

자바의 캡슐화.

책을 통해 공부하며 지식으로는 알고 있었지만, 실전에 제대로 적용하지는 못했다. 열심히 공부한다고 했지만 아직 부족한 부분이 있었던 것이다.

손석호가 스마트폰 넓이와 높이를 구하는 변수를 가리키며 말했다.

"여기, 이 부분. 왜 public(접근제어자의 일종)으로 사용했지요?"

"그, 그거야, 유리가 갈라지는 효과를 넣기 위해선 화면 넓이와 높이가 필요해서… 각자의 화면 넓이와 높이를 구해서 넣으라는 의미에서……."

"private으로 선언해서 해당 변수(변할 수 있는 값)에 용호 씨가 직접 넣어줘도 되지 않나요?"

"그렇기야 합니다만."

이야기가 진행될수록 용호의 목소리가 작아졌다. 손석호의 지적이 날카로운 비수가 되어 용호의 머릿속을 헤집었다.

객체 외부에서는 객체 내부 정보를 직접 접근하거나 조작할 수 없다.

"지금 용호 씨 코드에서는 외부에서 내부를 조작할 수 있는 것으로 보이는데요?"

"……"

반박할 수 없는 손석호의 말에 용호는 꿀 먹은 벙어리가 되었다. 하지만 김원호처럼 용호를 괴롭히기 위한 행위가 아니었다.

선배가 후배를 위한다는 마음이 느껴졌다.

강성규가 용호에게 알려줄 때와 비슷한 분위기였다.

더구나 하나같이 틀린 말이 없었다.

그랬기에 더더욱 아무 말도 할 수 없었다.

"프로그램은 돌아가는 게 끝이 아니에요. 재사용성, 확장성, 유연성 등을 모두 고려해야 해요."

"도, 돌아가는 것만 해도 괜찮은 거 아닌가……."

용호는 작아진 목소리로 소심하게 반항해 보았다.

"용호 씨, 여기 프로젝트에 얼마나 있을 것 같아요? 1년? 5년? 용호 씨가 가고 난 다음에는 누가 올까요? 용호 씨가 수정한 코드를 본 누군가가 '어떤 새끼가 똥을 싸놨어!' 이런 말하는 걸 원하세요?"

"아, 아니요."

"남이 봐도 한눈에 코드가 보여야 해요. 자바라는 객체지향 언어의 탄생 역시 그러한 타인에 대한 배려가 숨어 있는 겁니다. 세상은 혼자 살아갈 수 없어요."

"……."

"완벽한 코드는 주석이 없어도 이해가 되는 코드예요. 할 수 있겠죠?"

"…네."

"자, 그럼 단팥빵 하나 드실래요?"

용호는 왜 손석호가 단팥빵을 좋아하는지 알 것 같았다.
심하게 단 게 당겼다.

문제는 앞으로 더욱 당길 것 같다는 점이었다.

*   *   *

"안녕하십니까."

사람들이 인사를 하며 자리에서 일어서고 있었다. 사무실로 들어서는 훤칠한 모습의 한 남자에게 고개를 숙이고 있었다.

남자의 시원한 미소가 인상적이었다.

"그래요. 다들 앉아요. 앉아. 이래서 사무실 오기가 쉽지 않다니까."

회장 정진용의 차남이자 ㈜신세기의 정진훈 사장이었다.

신세기 같은 대기업은 주력이 되는 회사가 있고 몇몇 계열 사들이 존재했다.

정진훈은 그중에서도 가장 핵심이 되는 ㈜신세기의 사장이 었다.

용호도 얼떨결에 자리에서 일어나 고개를 숙였다.

"아, 안녕하십니까."

고개를 든 용호는 깜짝 놀랄 수밖에 없었다. 사무실로 들어 섰던 정진훈이 바로 눈앞까지 와 있었다.

"우리 단비가 직접 영입했다는 이용호 씨 맞죠? 얼마 전에 결제 에러도 해결했다던데. 수고가 많아요."

"아닙니다."

"앞으로도 우리 단비 잘 부탁해요."

정진훈이 말에서 그치는 것이 아니라 손을 내밀었다.

용호도 마주 손을 내밀어 맞잡았다. 맞잡은 손에서 느껴지는 것은 단단함이었다.

그리고 서글서글한 눈매가 성품을 대변해 주는 것 같았다.

악수를 마친 정진훈은 더 이상 별다른 말 없이 정단비가 있는 사무실로 들어갔다.

그러나 인상은 인상일 뿐이다.

아직도 얼떨떨하게 서 있는 용호를 보며 손석호가 한마디 했다.

"이야! 용호 씨 이제 출세 길이 뚫렸네요."

"네?"

"저분 누군지 몰라요?"

"저야 잘……."

"이거 문제네, 사장님 얼굴도 모르고."

"사장님이요?"

용호가 ㈜신세기의 사장 얼굴을 알 리가 없었다. 입사한 지 채 한 달도 되지 않았다. 사무실 동료들의 얼굴 익히기에도 바빴다. 그런 용호를 놀리는 게 재밌는지 손석호가 목소리를 높였다.

"여러분! 사원이 사장님 얼굴도 모른답니다."

손석호가 목소리를 높여 이야기하자 여기저기서 키득거리는 웃음소리가 흘러 나왔다.

그러나 어디든 웃자고 한 이야기에 죽자고 달려드는 사람이 있었다.

"이용호 씨? 잠깐 나 좀 보지."

허지훈이 용호를 찾았다. 울상이 된 용호가 원망스러운 눈빛으로 손석호를 쳐다보았다.

그런 용호의 눈빛에도 불구하고 손석호는 어디서 구했는지 하얀 손수건까지 흔들며 용호를 배웅했다.

*   *   *

김이 모락모락 올라오는 차를 앞에 두고 선남선녀가 앉아 있었다.

여심을 녹이는 미소를 발산하는 정진훈과 남심을 자극하는 도도함을 뽐내는 정단비였다.

정단비가 손님용 의자에 앉아 있는 정진훈을 바라보았다.

"여기까지는 무슨 일이세요?"

"우리 동생, 왜 이렇게 살벌해."

한기가 풀풀 풍기는 정단비의 목소리에 정진훈이 한껏 겁이

나는 양 엄살을 떨었다.

"정. 진. 훈. 사. 장. 님. 어쩐 일이십니까."

한 자씩 끊어서 말하는 정단비의 말투는 누가 봐도 호의가 아닌 적의가 느껴졌다.

이런 일이 한두 번 있는 것이 아닌지, 정진훈은 크게 신경 쓰는 눈치가 아니었다.

툭.

정진훈이 손을 들어 팔걸이를 툭툭 건드렸다.

"여기가 스마트 쇼핑 전략 기획팀 맞지?"

"그렇습니다만."

"그런데 스마트하지 못한 사람도 막 채용하고 그러나?"

"팀에 대한 인사권은 저에게 주신다고 하셨습니다."

"그래도 우리 신세기 이미지라는 게 있잖아."

"능력 있는 친구입니다."

정단비는 굳어진 얼굴은 풀리지가 않았다.

척하면 딱이다.

정진훈이 이야기하고 있는 사람이 용호라는 것을 정단비는 바로 알아차렸다.

그러나 정진훈은 고작 사람 한 명 채용한 일을 물어보기 위해 이곳까지 내려올 사람이 아니었다.

"추천 시스템은 어때?"

신세기의 추천 시스템, 일명 Preference Shoot PS시스템.

정단비가 스마트 쇼핑 전략 기획팀장으로 앉아 있는 이유이기도 했다.

세계 최대 온라인 쇼핑몰인 미국 '밀림' 사의 판매는 35%가 추천에 의해 발생하고 있다.

넷플락스에서 대여되는 영화의 2/3도 추천에서 발생한다.

추천은 고객에게 서비스를 제공하는 업체라면 누구도 피해 갈 수 없는 흐름이었다.

케이스트 컴퓨터 사이언스과를 졸업한 정단비가 먼저 신세기 그룹의 회장이자 아버지인 정진용에게 추천 시스템 구축을 제안했다.

만약 성과가 있다면 정단비는 팀을 데리고 나와 따로 법인을 만들 생각을 하고 있었다.

그러나 정진훈은 믿지 않았다. 신세기 회장의 자리를 탐내고 있다 생각했다.

"잘되고 있습니다."

"회장님의 관심이 아주 지대해."

회장의 관심을 받고 있다는 것은 아주 중요했다.

관심을 받고 성과를 낸다.

이러한 간단한 프로세스가 계속되다 보면 정단비는 어느새 정진훈을 앞서가고 있을 것이다.

정진훈의 말에 숨어 있는 이런 의미를 알고 있었기에 정단비가 다시 한 번 강조했다.

"다시 말하지만 저는 이 회사에 관심 없습니다."

"그거야 네 생각이고, 회장님 생각은 다를 수도 있지 않겠어?"

여유 있게 말하고 있었지만 그 속에 감춰져 있는 불안감을 완전히 해소하지는 못했다.

차남이라는 불안정한 위치와 정단비라는 능력 있는 동생의 존재는 정진훈으로 하여금 언제든지 내쳐질 수 있다는 공상을 만들어냈다.

툭.

정진훈이 볼일이 끝났다는 듯 팔걸이를 짚으며 일어났다.

"언제까지 기다릴 수 없어서 미래정보기술 것도 함께 받기로 했다. 그렇게 알고 있어."

무심한 듯 스쳐 지나가는 말투로 했지만 내용은 허투루 들은 만한 성질의 것이 아니었다.

"사장님!"

"네가 말했잖아. 정당한 경쟁을 하자고. 미래정보기술과 경쟁해 봐."

정단비의 고운 얼굴이 사납게 일그러졌다.

Chapter 4

오픈 소스 마웃

새벽 두 시.

용호는 여전히 컴퓨터 앞에 앉아 있었다.

'하아… 언제까지 수정해야 되는 거지.'

코드를 깔끔하게 정리하고 변수명을 바꾸는 작업은 지난한 일이었다.

프로그램을 개발하는 일에 대한 보람은 새로운 무언가를 만든다는 것에 있었다.

그러나 손석호가 용호에게 시킨 것은 청소와 같았다.

코드를 깨끗하게 하는 일.

용호의 눈에는 보이지 않았지만 손석호의 눈에는 보였다.

같은 현상을 보아도 다르게 생각하듯 같은 코드를 보았어도 서로 코드를 보는 깊이가 달랐다.

'한번 끝까지 가보자.'

이쯤 되자 용호도 오기가 생겼다.

손석호에게 인정받고 말겠다는 집념에 오늘도 새벽까지 컴퓨터 앞을 떠나지 않았다.

＊　　　　＊　　　　＊

"현재 RMSE(Root Mean Square Error : 점수가 낮을수록 성능이 좋음) 스코어가 몇입니까?"

"0.9014 기록 중입니다."

"흠……."

손석호의 보고를 받은 정단비가 생각에 잠겼다. 그 모습이 심상치 않았던 손석호가 물었다.

"왜 무슨 일 있습니까?"

"더 이상 연구 개발할 시간이 없을 것 같아서요."

"그러면 NetFlax Prize는 포기하자는 말씀이신가요?"

NetFlax Prize.

전 세계 최대 영화 대여 사이트인 NetFlax사에서 매년 개최하는 추천 알고리즘 경진 대회였다.

매년 초에 시작하여 9월 말에 최종 우승 팀이 발표되는 장

기간에 걸친 대회였다.

상금은 무려 100만 달러.

NetFlax는 대회에서 개발된 시스템을 자사의 CineRecommend시스템을 튜닝하는 데 사용하였다.

RMSE는 해당 대회에서 각각의 추천 시스템을 평가하는 기준이었다.

NetFlax사에서 제공하는 추천 시스템의 성능이 0.9525.

점수의 의미는 간단했다.

A라는 사용자가 '가'라는 영화에 실제로 평점을 5점을 주었다.

그러나 추천 시스템은 3.15~5.95의 범위에서 점수를 줄 수 있다는 것이었다.

그러므로 점수가 낮을수록 해당 추천 시스템의 성능은 좋다고 말할 수 있었다.

정단비와 손석호는 NetFlax에서 우수한 성과를 거둔 추천 시스템을 신세기에도 적용할 생각으로 준비 중에 있었다.

"수석님이 입사하기 위한 조건이었으니 포기는 못 하더라도… 현재 투입되어 있는 연구 인력은 줄여야 할 것 같아서요."

미안함 때문인지 정단비는 차마 손석호의 눈을 보지 못하고 있었다.

그러나 손석호도 대기업의 생리를 어느 정도 아는 경력과 나이를 갖추고 있었다. 이 정도의 상황은 충분히 예상 범위 안에 있었는지 크게 동요하는 모습은 보이지 않았다.

그러고는 시원하게 답했다.

"그렇게 하시죠. 대신 이번에 들어온 용호 씨만 붙여주십시오."

이제 회사에 입사한 지 채 한 달도 되지 않는 신입이었기에 손석호의 요구가 전혀 무리라고 느껴지지 않았다.

정단비도 바로 OK였다.

*   *   *

아마 '생각하는 남자'를 조각한 로댕이 이런 심정이었을까?

그와 동시대에 살지는 않았지만 용호는 충분히 그의 심정을 이해할 수 있을 것 같았다.

퇴근은 그리 늦게 하지 않았다.

그러나 다음 날 있을 손석호와의 코드 리뷰 시간 때문에 제대로 잠을 자지 못했다.

손석호가 추천해 준 코드 컴플릿(스티브 멕코넬 저, 서우석 역)과 같은 책을 보며 코드를 수정 또 수정했다.

손석호에게 인정받고 싶었다.

손석호는 어느 것 하나 틀린 말을 하는 법이 없었다.

거기에 용호가 성장하길 바란다는 진심이 느껴졌다.

영혼이 없는 말과 진심이 담긴 말은 학문의 길고 짧음과 나이의 적고 많음에 의해 구별되지 않았다.

저절로 알 수 있었다.

손석호는 진심이었다.

용호가 성장하길 바랐고, 함께 프로그래머의 길을 걷는 후배에게 하나라도 더 알려주고 싶어 했다.

손석호의 기대에 부응하고 싶었고 나날이 변해가는 스스로의 실력이 점차 느껴지고 있었다.

결국 여기까지 왔다.

"이 정도면 조금씩 일을 맡겨도 되겠어요."

손석호의 말을 듣는 순간 용호는 떨리는 입을 꽉 다물었다.

일부러 더욱 눈을 크게 떴다.

뭉클거리며 가슴 밑에서부터 밀려 올라오는 감동을 억누르기 위해 고개를 앞뒤로 움직여 보았다.

"고생했어요."

손석호도 지금까지 있었던 용호의 노력을 모르지 않는다는 듯 단팥빵을 내밀었다.

"하나 먹어요."

단팥빵을 받은 용호가 한입 베어 물었다.

올라오는 감동이 단팥빵과 함께 겨우 밀려 내려갔다.

*　　　　*　　　　*

드라마에서나 보던 회장님의 집무실.

정단비와 정진훈이 공손한 자세로 앉아 있었다.

흰머리가 머리를 덮고 있는 남자가 가운데에 앉아 있었다.

재계 12위의 신세기 그룹 회장 정진용이었다.

"회장님."

"이번 건은 진훈이 말대로 9월까지 미래정보기술 쪽 추천 시스템과 단비 네가 개발한다는 추천 시스템을 각각 하루씩 적용해 가면서 어느 쪽에서 개발한 시스템이 성능이 뛰어난지 결정하도록 하자."

"9월이면 너무 촉박합니다."

"단비 네가 말하지 않았느냐, IT 기술은 빠르게 변하니 우리 신세기도 그에 따라 빠르게 변해야 한다고. 언제까지 시간을 줄 수는 없는 노릇 아니겠느냐."

"하지만……"

"이런 기회조차 주어지지 않는 사람들이 무수히 많다는 것을 넌 항상 명심하도록 해라."

정진용은 더 이상의 대화는 허용하지 않겠다는 듯 눈을 감았다. 그 모습에 정단비도 굳게 다문 입술을 더 이상 벌리지 않았다.

집무실을 빠져나오자마자 정단비가 눈을 치켜뜨고 정진훈

을 바라보았다.

"오빠야?"

"회사에서는 사장님이라 부르라고 하지 않았나?"

"조금만 기다려 주면 알아서 회사 나갈 테니까, 시간 좀 달라는 게 그렇게 어려웠어?"

"시간이 곧 돈인 세상에서 시간을 달라니."

정진훈이 능글맞게 웃으며 답했다. 자신의 뜻대로 일이 진행되는 것에 대해 아주 흡족한 모습이었다.

"이런 식으로 내 일 방해할 거야?"

"방해라니. 경쟁이 없으면 도태된다는 거 누구보다 잘 알고 있는 사람이."

정단비가 째려보았지만 전혀 개의치 않아 보였다. 정진훈이 손을 흔들며 먼저 복도로 걸어 나갔다.

"그럼 수고해."

*   *   *

"모두 수고했어요. 오늘은 회식이니까 다들 어서 컴퓨터부터 꺼요."

정단비가 밖으로 나와 손뼉을 치며 말했다.

오늘은 왠지 술을 먹어야 할 것 같았다.

이왕이면 혼자보다는 와자지껄한 분위기가 좋았다.

1차는 용호도 처음 가보는 소고기 집이었다.

미래정보기술에서 회식을 하면 용호는 항상 집게를 들고 있었다. 그것이 막내로서의 당연한 의무였다.

그러나 이곳은 고기를 구워주는 사람이 따로 있었다.

가격표를 보니 1인분에 4만 원.

사람들은 가격에 구애받지 않고 끊임없이 주문했다.

"그러고 보니 용호 씨 입사 기념 회식도 아직까지 안 했네요. 자, 용호 씨, 스탠드 업!"

조심스레 한 점씩 고기를 집어 먹고 있던 용호가 고개를 들었다.

회식 자리의 제일 가운데에 정단비가 앉아 있었다.

고기가 구워지며 올라오는 연기에도 미모는 전혀 가려지지 않았다. 오히려 연기와 함께 신비로운 분위기를 풍겼다.

엉거주춤 자리에서 일어난 용호가 자기소개를 시작했다.

"얼마 전에 입사한 이용호라고 합니다. 아직 부족한 점이 많지만 잘 부탁드립니다."

와아아아.

용호의 인사에 사무실 사람들이 환호성을 질렀다.

이미 결제 에러를 해결함으로써 사람들에게 한차례 눈도장을 찍어둔 참이었다.

그중 유달리 목소리가 큰 사람이 한 명 있었다.

손석호였다.

"애인 있습니까!"

"아직… 없습니다."

"없으면 노래 한 곡 해야 하는데."

술이 들어가 기분이 좋았는지 손석호는 연신 웃음을 터뜨리며 짓궂게 굴었다.

그런 손석호의 행동을 정단비가 제지했다.

"용호 씨 노래는 2차에 무대가 마련되어 있으니까 그때 보기로 하죠."

회식은 2차, 3차까지 계속되었다.

그리고 어느 순간 정단비를 비롯한 허지훈, 손석호 등의 윗사람들은 자리에서 빠져나갔다.

편하게 먹고 놀라며 따로 빠져나간 것이다.

그리고 다음 날이 되었다.

*   *   *

손석호는 팀장임에도 용호에게 반말을 하는 법이 없었다. 그리고 입에서 단팥빵을 내려놓는 법도 없었다.

술을 먹은 다음 날도 마찬가지였다.

"용호 씨, 혹시 NetFlax Prize라고 들어 봤어요?"

"처음 들어봅니다."

솔직하게 말했다.

어차피 손석호에게 어설픈 대답은 통하지 않는다는 걸 충분히 알고 있었다.

"앞으로 용호 씨와 내가 해야 할 일은 NetFlax Prize에서 우승하는 겁니다. 우승 상금만 100만 달러, 우리나라 돈으로 10억! 더욱이 우승하면 회사에서 연봉의 10%에 해당하는 인센티브까지 제공한다니 괜찮은 조건이죠?"

"그렇기야 한데… 만약 우승하지 못하면요?"

얼마 되지 않는 사회생활이었다. 그 짧은 기간에 이리저리 치이다 보니 용호는 회사라는 곳이 그리 호락호락하지만은 않다는 사실을 알게 되었다.

달콤한 이면에는 그보다 쓴맛이 존재한다는 사실을 깨달은 것이다.

"용호 씨에게는 아무런 피해가 없을 겁니다."

"그 말씀은……."

손석호는 일종의 계약직으로 고용된 몸이었다. 1년에 1억 5천만 원이라는 연봉을 받고 매년 재계약을 진행하고 있었다.

다음 해의 계약을 계속하기 위한 조건이 바로 NetFlax Prize에서의 우승이다.

그러한 사실을 손석호는 굳이 말하지 않았다. 그러나 용호는 자신에게는 피해가 없다는 말에 직감적으로 알았다.

손석호가 큰 책임을 지고 있다는 사실을.

단지 구체적인 내용을 모를 뿐이었다.

"뭐 그런 것까지 신경 쓸 필요는 없고, 슬슬 일을 시작해 볼
까요?"

*　　　*　　　*

첫 시작부터가 난관이었다.

프로젝트를 총괄 진행한 손석호가 있었지만, 실무 인력들
은 또 따로 있었다.

손석호가 하나하나 알 수 없었기에 그간 진행되었던 일들
을 인수인계 받아야 했다.

'하아……'

인수인계를 받아야 할 사람들은 지금까지 구축된 추천 시
스템을 신세기 사이트에 맞게 재구축 하느라 정신이 없었다.

NetFlax Prize는 대회용으로 1억 건 정도의 데이터를 제공
하기 때문에 대용량 처리 시스템까지는 필요가 없었다.

중요한 것은 알고리즘.

그러나 신세기 그룹에 적용해야 하는 추천 시스템은 달랐
다.

대용량 처리도 가능해야 했기에 사람들은 바빴고 용호가
말 붙이기가 미안할 정도였다.

'이건 뭐 문서라도 정리가 잘 되어 있으면 상관이 없겠지만.'

그렇다고 기존의 연구 과제에 대한 문서 정리가 똑바로 되어 있는 것도 아니었다.

촉박한 일정에 부족한 인력이었기에 당연한 결과였다.

그나마 손석호가 있어 다행이었다.

"maut은 내가 생각해도 참 잘 만든 프로그램이지."

프로젝트의 기반이 되는 것이 손석호가 만든 오픈 소스 mautt이었다.

용호에게 내려진 첫 번째 업무도 maut을 분석해 학습하는 것이었다.

*   *   *

"그러니까 피어슨 상관계수란 두 변수가 어떤 관련성이 있는지 구하기 위해 보편적으로 사용되는 식이에요. 지금 용호 씨가 보고 있는 식이 바로 그겁니다."

칠판에 띄워져 있는 것은 분명 고등학생와 대학생 때 보았던 수학 공식이었다. 분수와 시그마, +와 ? 같은 사칙연산의 조합으로 이루어져 있었다.

그러나 그것을 보고 있는 용호가 이해하고 있는 형태는 달랐다.

∅ЖЙЪллцГБвОО

의미 불명.

대학 시절 배운 알고리즘 수업에서도 볼 수 없던 내용들이
었다.

당연한 일이었다. 손석호가 설명하는 것들은 통계학 쪽에
서 나오는 내용들이었다.

"그, 그렇군요."

용호는 일단 알았다는 듯이 고개를 끄덕였다.

평소 단팥빵이나 우물거리며 상사와 직원의 관계가 아닌 옆
집 삼촌 같은 분위기를 조성하던 손석호도 프로그래밍과 관
련해서는 일말의 허점도 허용하지 않았다.

이해가 되지 않으면 될 때까지.

집요할 정도로 파고들었다.

"그래요? 이해됐어요? 방금 제가 뭐라고 했죠?"

"X와 Y가 따로 변하는 정도와… 그, 그게 잘 모르겠습니
다……."

몇 마디 하다 이내 멈추었다. 용호의 목소리에는 자신감이
없었다. 열정적으로 가르쳐 주는 손석호에게 미안한 생각까지
들었다.

"처음이니까 그럴 수 있어요. 너무 스스로를 자책하지 않아
도 돼요."

"그런데… 아직 이런 게 많이 남았나요?"

용호는 자신이 수학자인지 프로그래머인지 헷갈릴 정도였
다. 근 며칠간을 프로그램에 대한 이해보다 어떤 알고리즘이

도입되어 있는지에 대한 설명이 대부분이었다.

그리고 알고리즘은 수학 공식으로 되어 있었다.

처음 보는 것들이었기에 공부할 시간이 필요했다.

하루는 24시간으로 제한되어 있기에 결국 잠을 자는 시간을 줄이는 수밖에 없었다.

"아직 시작도 안 했어요. euclidean distance, Cosine measure similarity 등 아직 많이 남았답니다."

손석호가 신이 난 어린이처럼 즐거운 얼굴로 용호를 바라보았다.

물론 용호도 재미있었다. 새로운 것을 배우고, 실제로 그것이 적용된 프로그램을 살펴보는 건 용호에게도 신선했고, 더욱이 최정상급 프로그래머에게 직접 배울 수 있는 기회는 흔치 않았다.

그러나 몸이 보내는 반응도 무시할 수는 없었다.

공부를 위해 매일같이 쪽잠을 자며 생활하다 보니 눈꺼풀이 너무 무거워져 있었다.

대박 사건.

다음 날 출근한 용호의 책상에 '대박 사건'이라는 제목의 포스터 한 장이 붙어 있었다.

대박 사건이라는 제목 밑에는 졸고 있는 사진이 한 장이 대문짝만 하게 프린트 되어 있었다.

손석호가 졸고 있는 용호를 몰래 찍어놓은 것이다.

사진을 본 용호가 기겁을 하며 손석호를 바라보았다.

"수, 수석님."

그런 용호를 보며 손석호가 사악한 미소를 지으며 말했다.

"자, 이제 용호 씨의 약점을 잡았으니 오늘은 어제보다 더 열심히 해볼까요?"

꿀꺽.

용호가 마른침을 삼켰다.

어젯밤에도 밤늦게 퇴근하여 손석호가 알려준 개념들을 공부하느라 3시간 정도 밖에 자지 못하고 출근했다.

몸은 천근만근 무거웠고 귀에서는 윙윙거리는 이명까지 들릴 정도였다.

"그, 그래야죠."

용호의 목소리가 가늘게 떨렸다.

스스로가 발전한다는 즐거움과 기대에 부응하겠다는 노력도 피곤 앞에서 무너지기 일보 직전이었다.

"여기 받아요."

용호는 이번에도 단팥빵을 주는 줄 알았다.

손석호가 항상 입에 달고 있던 단팥빵.

그러나 지금은 모양부터 달랐다.

투명한 봉투 속에 연한 갈색빛이 보이는 것이 아니라 네모난 박스 형태를 하고 있었다.

"다른 사람들 오기 전에 서랍에 넣어두고 꺼내 먹어요."

박스 안에는 건강 보조제가 들어 있었다. 딱 보기에도 가격이 꽤 나가 보였다.

부담스러운 마음에 용호가 선뜻 받아 들지 못했다.

"어서요."

"가, 감사합니다."

"고생 많은 거 알고 있어요."

어쩌고저쩌고 구구절절한 이야기보다 수고하고 있다는 한 마디면 충분했다. 몸을 잠식하고 있던 무거운 납덩이도 어느새 사라져 있었다.

*   *   *

마웃에서 사용되고 있는 알고리즘들에 대해 학습하는 시간이 지나갔다. 그리고 그것이 끝이 아님을 용호도 이제 충분히 알고 있었다.

알고리즘 학습이 끝난 후에는 maut을 설치하고, 제공되는 API(프로그램 사용 규격)에 대한 설명이 이어졌다. 그것까지 끝나고 나서야 겨우 maut을 설치해 볼 수 있었다.

maut은 해당 프로그램만 설치한다고 끝나는 것이 아니었다. 디펜던시(의존성 : 프로그램이 실행되기 위한 조건)가 걸려 있는 library만 일곱 종류였다.

일곱 종류 각각의 library를 다운받고 해당 library들을 maut과 연결해야 했다.

설치 도중 생기는 자잘한 버그들은 보너스였다.

프로그램을 설치하고 현재 진행하고 있는 코드를 다운받아 실행해 보았다.

이클립스 콘솔 창에 결과가 나타났다.

RMSE Score : 0.9014 (+5%)

현재 라이브러리가 나타내고 있는 성능 수치였다.

NetFlax가 대회를 개최하며 공개한 자사의 RMSE 수치가 0.9525였다.

수치가 낮을수록 성능이 뛰어난 추천 시스템이었다.

이제 5%가 향상되었다. 그러나 5%의 성능 향상에서 더 이상의 진전이 없었다.

모니터에 나와 있는 결과를 보며 손석호가 중얼거렸다.

"이제야 5% 정도 향상시켰는데 10% 이상으로 끌어올려야 돼요."

"10%라면……."

"0.8659 수준이지요."

"제가 할 수 있을까요?"

용호가 보기에 이건 불가능해 보였다. 스마트 쇼핑 전략 기획팀이 작년부터 준비하여 겨우 5%의 성능 향상을 이루어 내었다.

수많은 박사급 인력이 붙어도 할 수 있을까 말까 했다. 더구나 용호는 관련 지식을 이제야 습득하고 있는 중이었다.

이제 5월.

NetFlax Prize에 최종 결과를 제출해야 하는 시점은 9월 말이었다.

앞으로 4개월 만에 할 수 있을까 하는 의문은 당연한 것이었다.

"함께하면 가능해요."

용호는 손석호의 얼굴을 빤히 바라보았다.

두 눈에는 정말 할 수 있다는 믿음이 가득해 보였다.

'할 수 있다.'

용호의 머릿속에도 그러한 믿음이 자리 잡기 시작했다.

*   *   *

신세기 추천 시스템 이하 PS시스템을 구축할 사업자가 정해졌다.

미래정보기술.

용호도 익히 알고 있는 회사였다.

미래정보기술이 구축한 추천 시스템과 스마트 쇼핑 전략

기획팀이 구축한 시스템을 두 달간 기동시켜 더 많은 매출을 발생시킨 시스템을 최종 사업자로 선정한다.

수면 아래에 있던 일이 공식화되어 내려왔다.

일정은 9월 중순에 시작하여 11월에 끝이 나는 일정이었다.

각각의 추천 시스템이 하루씩 추천 상품을 내보내 소비자 해당 추천 상품을 얼마나 구매하는지가 평가 방식이었다.

이제 겨우 4개월이 남은 상황. 스마트 쇼핑 전략 기획팀은 번개라도 맞은 듯 부산스러워졌다.

"저희는 계속 이러고 있어도 될까요?"

용호가 입사했을 때와는 달리 팀 분위기도 급변했다.

위기의식이 팽배했고, 그만큼 사람들은 날카로워져 갔다.

특히나 이번 경쟁에서 탈락하게 되면 팀이 해체될 수도 있다는 소문이 떠돌았다.

팀이 해체된다면 그 속에 속한 구성원들이 어떤 취급을 받을지는 뻔한 일이었다.

인사고과 점수는 바닥을 칠 것이고, 구성원들은 이곳저곳으로 흩어져 다른 팀에 배정될 것이다.

그러고는 찬밥 신세.

같은 팀에서 고생한 동료가 있는데 다른 팀에서 굴러들어온 돌을 예뻐해 줄 팀장은 없었다.

"이걸 계속하는 게 팀을 돕는 거예요."

그러한 분위기에서도 용호와 손석호는 꾸준히 NetFlax

Prize 준비에 전념했다.

정단비의 배려가 있었기에 가능한 일이었다. 그러나 그런 배려는 자연스레 주변의 시기와 질투를 동반하게 마련이었다.

손석호가 있기에 티나게 드러나지는 않았지만, 호의적이던 용호에 대한 시선이 점차 변해가고 있었다.

사무실 내에서는 각자의 일만 하는 것이 아니었다.

일을 하기 위해서는 기본적으로 필요한 것들이 있었다. 간단한 청소에서 사람들이 먹을 물, 사용하는 펜이나 연습장 같은 비품 관리 등은 막내의 역할이었다.

처음 입사했을 당시만 해도, 사무실에 근무하는 사람들은 까칠함을 보이지 않았다.

물이 좀 떨어졌다고 해서, 사용할 비품이 부족하다고 해서 크게 말이 나오지는 않았다.

그러나 지금은 아니었다.

비슷한 말이었지만 토씨 하나 틀려짐으로써 분위기가 달라졌다.

"생수 좀 채웠으면 좋겠어요."

"비품이 다 떨어져서요."

용호에 대한 존중이 들어가 있었다.

"용호 씨. 물 떨어졌는데 생수 좀 채우지."

"비품 신청했어?"

짜증이 묻어 있었다.

촉박한 개발 일정과 팀이 해체될지도 모른다는 위기감이 팀의 분위기를 해치고 있었다.

그 주축에 허지훈이 있었다.

미래정보기술과 경쟁할 PS시스템 구축의 PM이 바로 허지훈이었다.

정단비의 오른팔이자 한국대를 졸업한 수재.

회사에서도 주목하고 있는 핵심 인재였다.

"개발 다 끝났어요?"

"그, 그게 아직."

"아직까지 연동 모듈 개발도 끝내지 못하면 어쩌자는 겁니까!"

목소리가 높아진 허지훈이 사무실 한쪽 벽을 가리키며 말했다.

"저기 붙어 있는 거 안 보이세요? 아직 추천 엔진 세팅에 최종 API 개발 그리고 각종 테스트까지 할 게 산더미처럼 쌓여 있습니다."

벽에 붙어 있는 포스트잇은 허지훈이 야심차게 도입한 소프트웨어 개발 방법론이었다.

Agile software development(애자일 소프트웨어 개발)

전통적인 소프트웨어 개발 방법인 폭포수 모델이나 나선형

모델이 문서를 통한 계획 중심의 개발 방법이었다면, 애자일은 반대였다.

문서나 계획이 아닌 빠르게 먼저 프로그램을 개발하고 발생하는 갖가지 수정 사항들을 보완해 가며 진행한다.

간단히 말해 소프트웨어 개발이 기획자 중심에서 개발자 중심으로 옮겨온 것이다.

"…오늘 야근을 해서라도 개발 완료하겠습니다."

허지훈 앞에 서 있던 개발자가 더듬거리며 말했다.

"내일 아침까지 완료되어 있지 않으면 각오하세요."

도입된 애자일 방법론이 무색한 광경이었다.

최신 소프트웨어 개발 방법론을 도입했으나 실제 개발 과정은 전혀 변함이 없었다.

관리자는 개발자를 닦달했고, 개발자는 일정에 쫓겼다.

어떤 최신 개발 방법론으로도 최소 1년의 시간이 필요한 개발 과정을 4개월 안으로 단축시켜 주지는 못한다.

그러나 해야 했다.

그것이 대한민국 개발자들의 현실이었다.

Chapter 5

버그 창 사용법

RMSE Score : 0.9010 (+5.7%)

프로그램을 돌려 나온 수치에 용호 입에서 긴 한숨이 터져 나왔다.

"하아……."

진전이 없었다.

비효율이 있어 결과가 늦게 나오는 것도 아니었다.

정해진 답과 다른 결과가 나오고 있는 것도 아니었다.

버그를 해결하는 것이라면 버그 창을 보며 바로 해결할 수 있었을 것이다.

그러나 지금은 버그 창에서 어떤 안내도 찾아볼 수가 없었다.

며칠 밤낮을 새우며 매달리고 있지만, NetFlax Prize에 제출하기 위해 만들어둔 시스템의 성능은 1%도 향상되지 못했다.

용호는 손석호가 알려준 대회 사이트에 접속해 보았다.

Leaderboard.

지금까지 올린 팀들의 순위가 나와 있는 게시판이었다.

용호가 속한 Shinseki Maut팀은 게시판에서 보이지도 않았다.

1위부터 20위까지의 순위만이 Leaderboard에 노출되기 때문이었다.

1등 팀은 The Dessert.

0.8725, 9.2%의 성능 향상으로 일등을 기록하고 있었다.

팀원들의 경력은 용호로 하여금 고개를 절레절레 젓게 만들기에 충분했다.

전 세계 유수의 IT 기업 연구원들과 이름만 들어도 알 법한 명문 대학의 대학원생의 이름이 즐비했다.

'과연 내가 할 수 있을까?'

열심히 공부해서 해낼 수도 있었다.

그러나 이제 겨우 4개월도 채 남지 않았다.

갖가지 알고리즘을 이해하고 조합하여 우승을 하기 위해서는 절대적인 시간도 능력도 부족했다.

매일 밤새운다고 해서 될 일이 아니었다.

용호의 고심이 깊어져만 갔다.

＊　　　　　＊　　　　　＊

손석호는 흐뭇한 표정으로 용호를 바라보았다.

'열심히 하네.'

용호는 시키지 않아도 알아서 각종 자료들을 찾아가며 학습했다. 모르는 부분들에 대해서는 알 때까지 손석호를 붙잡고 놓아 주지 않았다.

이제는 오히려 손석호가 용호에게 학을 뗄 정도였다.

지독하다는 말로도 부족했다.

죽기 살기로 한다는 말로도 부족했다.

저러다 정말 죽어도 이상하지 않을 정도의 강행군이었다.

'그래. 그렇게 해야지 나중에 무시당하지 않는 거야.'

처음부터 손석호는 우승할 것이라 생각하지 않았다.

연구 인력이 빠져나가기 전에도 우승을 할 수 있으리라는 확신이 없었다.

우승을 목표로 열심히 하다 보면 그래도 10위권 내에는 들 수 있지 않을까 라고 내심 생각하고 있었을 뿐이다.

하물며 지금은 용호와 단둘이 NetFlax Prize를 준비하고 있는 상황.

목표는 용호라는 신입의 능력 배양으로 바뀌어 있었다.

'한번 최선을 다해봐. 그러고 나면, 너는 회사라는 틀에 얽매이지 않아도 될 테니까.'

능력이 있다면 회사에 구속될 필요가 없었다.

어디서든 찾는 사람이 되면 선택지가 넓어지는 것이다.

손석호가 지금 그런 상태였다. 비록 1년 단위 계약직이었지만, 지금 이 순간에도 일자리 제안이 오고 있었다.

손석호가 거침없이 행동할 수 있는 이유였고 용호를 혹독하게 단련시키는 이유였다.

*　　　*　　　*

RMSE Score : 0.9007 (+5.75%).

0.05%의 성능 향상.

'흠… 그런데 왜 버그 창이 작동하지 않을까.'

지금까지는 품지 않았던 의문이 떠올랐다.

분명 버그 창은 제 역할을 충실히 해왔다.

프로그램의 성능에 문제가 있을 때도, 실제 에러가 발생해 프로그램이 돌아가지 않을 때도 정확한 안내로 용호를 만족시켰다.

게다가 로직 문제가 발생했을 때도 버그 창은 작동했다.

10이라는 결과가 필요하지만 1이라는 결과가 출력될 때도 버그 창은 정확하게 문제를 짚어 안내해 주었다.

그런데 '왜?' 지금은 작동하지 않을까?

10%라는 결과를 원하고 있는데, 왜 원하는 대로 나오지 않을까. 용호의 머릿속에 그런 의문이 스치고 지나갔다.

RMSE Score : 0.9007 (+5.75%)라는 결과를 버그 창이 버그로 인식하게 만들 수 있지 않을까?

그렇다면 원하는 결과를 만들어 낼 수 있을 것 같았다.

이제 겨우 알고리즘의 맛만 본 상태였다. 용호에게 알고리즘 조합이나 튜닝은 아직 무리였다.

4개월을 더 노력한다고 해도 마찬가지였다.

그러나 생각을 달리해 보자.

만약 현재의 결괏값을 버그 창이 잘못된 결과로 인식한다면?

용호는 얼핏 길을 본 것 같았다.

'지금까지 버그 창이 안내해 준 버그들을 먼저 분류해 보자.'

길을 찾고 나자 일에도 속도가 붙기 시작했다.

용호는 먼저 지금까지 버그 창이 알려준 버그들을 분류해 보았다.

'성능 문제, 로직 문제, 일반 에러.'

세 가지로 분류되었다.

프로그램의 성능 문제.

프로그램은 돌아가지만 원하는 결괏값이 출력되지 않는 로직 문제.

그리고 프로그램 자체가 돌아가지도 않는 일반 에러.

'일반 에러야 당연한 것이고, 성능 문제도 비효율이 있으면 알려주는 것이고… 로직 문제에 속하겠네.'

현재 용호가 원하는 것은 로직 문제였다.

원하는 결괏값은 0.8659로 정해져 있었다.

로직을 수정하여 원하는 결괏값을 출력해야 했다.

그러나 버그 창이 버그로 인식을 하지 못하고 있었다.

그렇다면 로직 문제에서 버그 창이 버그로 인식하고 못하고의 차이점은 무엇인가?

그걸 알아내야 했다.

*　　　　　*　　　　　*

대회 완료까지 이제 겨우 한 달 남은 상황.

1년간의 대장정도 끝이 보이고 있었다.

그런 상황에서 손석호는 용호에게 조금씩 실망하고 있었다.

언젠가부터 질문을 해오지 않았다.

추천 시스템을 수정하기 위해서는 자신에게 물어봐야 할 것이 분명 산더미여야 할 텐데, 하루 종일 자리에 놓인 컴퓨터만 쳐다보고 있었다.

"용호 씨 어때요? 잘 진행되고 있어요?"

용호의 얼굴을 본 손석호가 흠칫 놀랐다. 얼굴이 반쪽이 되어 있었다. 뿐만 아니라 얼굴색이 거무튀튀한 것이 곧 죽을 사람 같았다.

"아, 팀장님. 걱정하지 마세요. 무조건 됩니다."

그러나 목소리와 눈빛만은 살아 있었다.

"몸은 어때요? 너무 무리하는 거 아니에요?"

실망스럽던 마음은 용호의 외양을 보자 사그라졌다. 오히려 안쓰러운 동정심이 슬며시 고개를 들었다.

자신이 너무 무리한 일을 시키고 있는 건 아닌지에 대한 자책도 있었다.

"괜찮습니다. 아직 20대인데요, 뭘."

"그래도 안색이 너무 안 좋아요. 도대체 뭘 하길래 하루 종일 컴퓨터 앞에서 일어나지도 않는 거예요?"

손석호의 의문은 당연한 것이었다.

사무실에 출근해 컴퓨터 앞에 앉은 후 일어나지를 않았다.

점심도 근처 빵집에서 사온 샌드위치를 먹으며 일에 집중했다. 그러면서도 손석호에게 딱히 물어보는 것도 없었다.

뭐하고 있는지 물어보면 항상 같은 대답이었다.

"곧 RMSE 수치 0.8659를 만들 수 있을 것 같습니다."

지난 대회에서 NetFlax Prize의 우승자가 10%의 벽을 넘지 못하고 9.8%로 우승했다.

손석호의 목표치가 10%인 이유였다. 10%의 성능 향상을 이루어 내면 무조건 우승할 수 있으리라.

0.8659는 0.9525에서 딱 10% 성능 향상된 수치였다.

"그러니까 어떻게요?"

용호는 웃으며 대답을 회피했다. 버그 창에 대해 조사하고 있다고 답할 수가 없었다. 그 때문에 손석호가 용호에 대해 실망했던 것이다.

그러나 막상 또 안쓰러운 얼굴을 마주하면 실망스러운 감정보다 안쓰러운 마음이 더 커졌다.

그렇게 실망과 안쓰러운 감정의 교차 속에서 시간이 흘러갔다.

*　　　　　*　　　　　*

PS(Preference Shoot)시스템을 구축하고 있는 개발팀의 상태도 최악이었다.

예상했던 일정보다 급박하게 진행되는 일과, 개발 주력인 손석호가 빠진 상태였기에 개발 강도는 날이 갈수록 높아져갔다.

그만큼 사무실 내에서 허지훈의 날 선 목소리도 잦아들 줄을 몰랐다.

"아직입니까?"

시스템 오픈을 앞두고 테스트를 진행하고 있었다. 그러나 나와야 할 결과가 나오질 않고 있었다.

더구나 PS시스템은 RTS(Real-Time System : 실시간 시스템)을 표방하고 있었다. 그럼에도 세 시간이 지나도록 추천 결과가 나오지 않았다.

이대로라면 RTS가 될 수 없었다. RTS가 문제가 아니라 아예 시스템 자체를 오픈하지 못할 수도 있었다.

"이상하네……."

모니터를 보고 있는 개발자가 고개를 갸웃거렸다. 테스트 데이터를 넣었을 때는 분명 10분 안에 처리되었다.

그런 것이 실 데이터를 입력하자 추천 결과가 나오지 않고 있었다. 그런 개발자의 모습이 답답한지 허지훈이 협박조로 말했다.

"팀 해체되면 다들 어떻게 될지 굳이 말 안 해도 알 거라 생각합니다."

"……."

"이런 사람들을 데리고 일을 하라니."

허지훈이 몸을 휙 돌리고는 제자리로 돌아가 버렸다. 모니터를 보고 있던 개발자도 모욕적인 언사를 참기 힘들었는지 담배를 챙겨 자리에서 일어났다.

이런 허지훈의 행동 덕분인지 퇴사는 자연스러운 수순이었다. 개발 초기부터 시작된 퇴사 러시는 개발 막바지까지 이어졌다.

시스템 오픈을 앞둔 시점이 되자 처음부터 개발에 참여했던 프로그래머는 30%밖에 되지 않았다.

그런 상황에서도 허지훈에 대한 정단비의 신뢰는 단단했는지 일련의 행동들을 묵인했다.

어찌 되었든 개발이 완료되어 테스트가 진행되고 있었기 때문이었다.

"손 팀장님."

개발자 한 명이 손석호를 불렀다. 주 업무는 NetFlax Prize 준비였지만, PS시스템의 구축에도 한 발 걸치고 자문 역할을 해주고 있었다.

일종의 멘토 역할을 하고 있었다.

격의 없이 대하는 손석호의 모습과 뛰어난 능력은 개발자들에게 신뢰를 주기에 충분했다.

"저, 퇴사를 해야 할 것 같습니다."

"……."

"그동안 감사했습니다."

어떤 대우를 받으며 일하고 있는지 알고 있었기 때문에 손석호는 잡지 못했다.

팀이 만들어질 때부터 함께했던 사람이다. 보다 못한 손석호가 결국 자리에서 일어났다.

"허 팀장님, 해도 너무하는 거 아닙니까?"

"손 팀장님은 상관없는 일입니다."

"저와 함께 일하는 사람들이 퇴사하고 있습니다. 저도 충분히 상관이 있다고 생각하는데요."

"능력이 없으면 퇴사해야지요. 당연한 것 아닙니까?"

쓸데없는 일로 귀찮게 한다는 표정이 역력했다.

허지훈은 WBS(Work Breakdown Structure : 작업 절차도)에서 눈을 떼지 않고 있었다.

"…그러면 정 팀장님과 이야기하겠습니다."

"마음대로 하세요."

뒤돌아서 정단비가 있는 사무실로 들어가는 손석호의 뒤로 허지훈의 목소리가 들려왔다.

"일정이 일주일이나 밀렸잖아. 이래서 능력 없는 것들이랑 일하면 안 된다니까."

그러나 정단비와의 대화에서도 손석호는 아무런 성과를 얻을 수 없었다.

그저 PS시스템 구축을 완료할 때까지 조금만 참아달라고 할 뿐이었다.

정단비와 허지훈에게 최우선은 일이었다.

*   *   *

Making the referral data....(7124 sec)
Making the referral data....(7125 sec)
Making the referral data....(7126 sec)
......

RTS시스템이 목표였다.

그렇다고 초 단위로 PS시스템을 구축하려 한 것은 아니었다. 최소 1시간 이내가 마지노선이었다.

최신 경향을 반영하여 1시간 이내 추천 데이터가 제공되어야 사용자의 상품 선택에 영향을 미칠 것이라 기획팀은 판단하고 있었다.

그러나 PS시스템은 2시간이 다 되어가도록 결과를 내놓지 못하고 있었다.

"말씀하신 사양대로 하드웨어도 맞춰주지 않았습니까."

정단비의 목소리에도 날이 서 있었다.

기술 기반의 회사들도 하드웨어 투자에는 인색하다.

더구나 신세기는 유통 기반의 회사.

IT 기술에 투자하는 것에 더욱 인색할 수밖에 없었다. 그러던 것을 정단비라는 이름 덕분에 투자가 진행되었다.

"......"

"그래서 해결책은 찾았습니까? 이제 한 달도 남지 않았습니다."

질책을 받고 있던 남자가 어렵게 말을 꺼냈다.

"아무래도 손 수석님이 있어야 할 것 같습니다."

"손 수석님은 NetFlax Prize에 집중해야 한다고 말씀드리지 않았습니까."

정단비가 손석호를 PS시스템에 넣지 않은 것에는 이유가 있었다.

1억이 넘는 연봉은 임원급에게나 제공되는 것이었다.

그렇게 무리를 하여 채용한 만큼 회사에서는 확실한 성과를 조건으로 걸었다.

이번 년에 걸린 조건이 NetFlax Prize 우승.

우승하면 자동 재계약이었고 우승하지 못하면 그 뒤는 없었다.

정단비도 손석호를 PS시스템에 투입시키고 싶은 마음이 굴뚝같았지만 보조로 남겨두고 있는 이유였다.

손석호까지 퇴사한다면 훗날을 도모할 수가 없었다. 일을 진행하는 데 가장 중요한 것은 일을 할 줄 아는 사람.

그것도 능력 있는 사람이었다.

남자의 말에 정단비가 화가 나는 이유였다.

"지금 그걸 대안이라고 말씀하시는 겁니까? 그 말씀은 스스로 손석호 수석보다 실력이 없다고 말씀하시는 겁니다."

"……"

계열사인 신세기 I&C에서 능력이 있다고 하여 프로젝트에 투입한 개발자였다.

　그러나 우물 안의 개구리였다.

　"알았어요. 나가보세요."

　밖으로 나가는 남자의 사원증, 활짝 웃고 있는 사진 밑에 '이현구'라는 이름이 적혀 있었다.

　　　　　　*　　　　　　*　　　　　　*

　용호가 버그 창이 로직 문제를 해결하도록 하기 위해 시도한 방법만 수천 가지가 넘어가고 있었다.

　성능 문제.

　그리고 일반 에러에 대해서는 확실하게 알게 되었다.

　로직상에 발생하는 에러가 문제였다.

　'이것도 버그가 안 뜨네.'

　모니터에는 용호가 면접 때 만들었던 소수를 구하는 프로그램이 떠 있었다.

　'50까지 소수를 구하고 싶은데…….'

　용호는 for문에 적혀 있는 숫자를 100으로 고쳤다가 50으로 다시 고치며 테스트를 해보았다.

　50까지의 소수를 구하고 싶었으나 100까지 소수를 구하는 프로그램으로 수정해도 버그 창에는 아무런 반응이 없었다.

　'차이가 뭘까.'

로직 문제가 안내되는 버그와 그렇지 않은 버그의 차이가
뭘까.

이번에는 버그 창에 알람이 뜨는 로직 문제를 실행시켜 보
았다. 현재 구축되고 있는 PS시스템에 적용되어 있는 maut 소
스였다.

소스를 약간 수정하여 프로그램을 돌리자 바로 버그 창에
알람이 나타났다.

'차이점이 뭘까.'

─아침 해가 떴습니다. 자리에서 일어나서…….

누워 있던 용호가 눈을 비비며 자리에서 일어났다. 꿈에서
도 용호는 한 가지 생각밖에 하고 있지 않았다.

*   *   *

사무실 풍경은 여느 때와 다름이 없었다.

한 가지 달라진 점이 있다면, 처음으로 보는 손석호의 굳어
진 표정이었다.

"그러기에 제가 처음에 뭐라고 말씀드렸습니까."

"……."

"이런 일이 있을 수도 있으니까, 프로그램에 주석은 기본으
로 달아야 하고 최소한 프로그램 스펙 정의 문서는 있어야 한
다고 말씀드렸잖아요."

버그 창이 어떻게 하면 현재 RMSE 수치를 버그로 인식하게 만들까 고민하던 용호도 귀가 기울여지는 모습이었다.

손석호의 낮게 깔린 목소리는 처음 들었다.

"아무리 날고 기는 프로그래머라고 해도 이런 상태의 소스를 보고 어떻게 시스템을 파악합니까. 더구나 관련 문서도 없다니요. 이런 상태면 차라리 프로그램을 처음부터 다시 만드는 게 빠릅니다."

도저히 답이 나오지 않았는지 PS시스템은 손석호에게까지 넘어왔다. 정단비도 이대로 두면 안 되겠다고 판단했는지 손석호에게 도움을 요청한 것이었다.

그러나 손석호도 신은 아니었다.

이제 코앞으로 다가온 시연회.

한 줄의 주석도 찾아볼 수 없는 프로그램.

애초 설계 문서조차 없어 구두에서 구두로 전해져 내려온 프로그램 스펙.

프로그램에서 지독한 악취가 풍겼다.

손석호의 찡그린 얼굴이 펴질 줄을 몰랐다.

"후우……."

손석호가 서랍에서 단팥빵을 하나 꺼내 입에 물었다.

*   *   *

이야기를 듣고 있던 용호의 머릿속으로 두 가지 단어가 들어왔다.

주석과 문서.

처음 입사했을 때 손석호와 코드 리뷰를 진행하며 들었던 말이었다.

코드를 작성할 때는 항상 다른 사람이 볼 것을 염두에 두고 개발해야 한다. 그러기 위해서 주석은 기본이고 최소한 프로그램 개발 스펙에 관한 문서 정리가 되어 있어야 한다.

귀에 딱지가 앉도록 들었던 말이기에 지금 용호도 그대로 실천하고 있었다.

'주석과 문서라……'

프로그램에 주석은 달려 있었다. 아주 간단한 소수를 구하는 프로그램이었지만 습관의 힘은 무서웠다.

각 class별, method별로 각각의 역할에 대해 상세하게 주석을 달아놓았다.

'그러고 보니 문서가 없네. 어디 한번……'

용호는 별 기대를 하지 않고 소수를 구하는 프로그램에 대한 문서를 작성하기 시작했다.

아주 좋은 예제가 있었다.

손석호가 작성해 놓은 오픈 소스 maut 관련 문서도 있었고, NetFlax Prize를 준비하며 개발한 프로그램 관련 문서들도 있었다.

'이건 결과가 없네.'

NetFlax Prize를 준비하며 개발한 프로그램에는 결과가 없었다. 어떤 결과가 도출될지 모르기 때문에 작성해 놓지 않은 것이다.

그에 반해 maut 관련 문서에는 테스트 데이터와 해당 데이터를 넣었을 때 어떤 결과가 나오는지까지 상세하게 기술되어 있었다.

프로그램이란 생각보다 단순한 구조다.

A라는 재료를 넣어.

Z라는 결과가 나오게 만드는 것이다.

Input과 Ouput, 그리고 그 중간에 들어가는 처리 과정으로 이루어져 있다.

용호는 오픈 소스 maut을 설명해 놓기 위해 작성한 문서를 참고해 가며 소수 구하기 프로그램 스펙을 문서화시켰다.

*   *   *

벌떡.

갑자기 자리에서 일어난 용호의 벌어진 입이 다물어질 줄을 몰랐다. 입을 크게 벌리고 계속해서 숨을 들이쉬기를 몇 차례, 겨우 진정이 되는지 벌어졌던 입이 점차 다물어졌다.

'된다. 됐다, 시발!'

100까지 소수 구하는 프로그램을 실행시켰다. 그러자 버그 창에 알람이 떠올랐다.

　제목 : 소수 카운팅 에러.
　내용 : 해당 프로그램은 50까지의 소수를 구해 카운팅을 해야 합니다. 현재 결과는 100까지 카운팅되고 있습니다.
　해결 방법 : Main.class의 35번 라인에서 for문에 적힌 변수 i값을 100에서 50으로 변경해 주십시오.

　용호가 원하는 결과가 버그 창에 나타나 있었다.
　"요, 용호 씨, 괜찮아요?"
　자리에서 일어나 버그 창이 보이는 쪽을 멍하니 바라보고 있는 모습이 걱정되는지 손석호가 물어왔다.
　그러나 흥분에 절어 있는 용호에게는 들리지 않았다.
　"저, 저기 용호 씨?"
　멍하니 한쪽을 바라보며 입을 뻐끔거리는 것이 영락없는 정신병자의 모습이었다.
　간혹 프로그램에 미친 사람들 중에 정신이 나간 사람도 있기에 손석호의 걱정이 더해갔다.
　자리에서 일어나 용호의 근처로 가보았다.
　'응?'
　모니터에는 소수 구하는 프로그램이 켜져 있었다. 그제야 용호도 정신이 돌아왔는지 손석호를 쳐다보았다.

"됐습니다. 수석님!"

"네?"

"됐다고요! 됐어요!"

입을 뻐끔거리던 용호가 기쁜 표정으로 손석호의 손을 잡고 흔들었다. 겨우 소수 구하는 프로그램을 켜놓고서는 뭐가 됐다는 건지 손석호는 도통 이해가 되지 않았다.

"뭐가 된 건가요?"

"아, 참. 잠시만 기다려 보십시오. 제가 수석님이 원하는 결과를 만들어 보겠습니다."

그제야 아직 목표를 위해 첫발을 내디딘 것에 불과하다는 사실을 인지한 용호가 다시 자리에 앉았다.

'이거 나만큼 황당한 놈일세.'

손석호도 스스로를 괴짜라고 생각하고 있었지만 용호는 더했다.

*   *   *

회의실이 심각한 분위기로 무겁게 가라앉아 있었다.

"지금 시스템을 완전히 뒤엎자는 말씀이신 겁니까?"

"네. 팀장님."

"시연회가 2주 앞인 건 아시는 거죠?"

"알고 있습니다. 어차피 이 상태로는 실패입니다. 수정할 수 있는 범주를 벗어났습니다."

손석호의 말을 듣고 있던 허지훈이 혼잣말을 중얼거렸다.

"오픈 소스 커미터라더니 별거 없네."

비꼬는 소리를 손석호도 들었는지 지지 않고 맞받아쳤다.

"하여간 부하 직원들한테 소리 지르는 것 말고는 할 줄 아는 게 없는 놈들은 극혐이라니까."

손석호가 지칭하는 사람이 누구인지는 회의실 내에서 누구나 알고 있었다. PS시스템을 구축하면서 사무실에서는 단 한 명의 목소리만이 들렸다.

"지금 이럴 때가 아닙니다. 두 분 모두 진정하세요. 손 수석님 의견이 그렇다는 말이죠?"

"네. 소스 수정 몇 줄 해서 될 일이 아닙니다."

정단비의 고운 아미가 찡긋거렸다.

이건 PS시스템을 구축해 보지도 못하고 포기해야 할 상황이었다. 사태가 어쩌다 이 지경까지 왔는지 답답할 뿐이었다.

여전히 차가운 표정으로 상황을 지켜보던 허지훈이 또다시 한마디 툭 내뱉었다.

"안 된다, 안 된다. 안 되면 되게 해야 하는 거 아닙니까. 회사가 월급을 주면 그만큼 일을 해야지. 팀장님 생각은 어떠십니까."

물어보기 위해 한 말이 아님을 그 자리의 모두가 알고 있었다. PS시스템 개발의 주축이 되는 개발자는 고개를 숙이고 아무 말도 하지 못했다.

손석호가 고개를 숙인 개발자를 바라보았다.

"고개 드세요. 개가 짖는 소리에 인간이 고개를 숙이면 되겠습니까."

"지금 뭐라고 하셨습니까?"

"정 팀장님, 저는 NetFlax Prize를 준비해야 해서 이만 자리에서 일어나 보겠습니다."

허지훈의 말을 무시한 채 손석호가 자리에서 일어나 회의실 문을 열었다.

"으아아아! 됐어, 됐다!"

손석호가 문을 열자마자 괴성이 들려왔다.

환희로 가득 차 있는 소리에 모두가 어리둥절해하며 사무실 바깥을 바라보았다.

손석호도 미친놈처럼 팔딱거리고 있는 용호의 모습을 보고 있었다. 표정에서부터 알 수 있었다.

'이 새끼가 드디어 미쳤구나.'

용호는 미쳐 있었다.

기쁨에 미쳐 있었다.

Chapter 6
일타이피

하하하하하.

김만호가 사무실이 떠나가라 웃음을 터트렸다.

"확실한 거지?"

"네. 확실합니다. 이미 성능에서부터 비교가 안 됩니다."

"그래. 아주 좋아. 지금까지 잘하고 있으니까 조금만 더 노력해 보자고."

PS시스템 수주가 목전에 와 있었다.

KO통신의 K—추천 시스템에 이어 신세기 그룹의 PS시스템까지 수주한다면 미래정보기술에서 김만호의 입지는 누구도 쉽게 건들 수 없을 정도로 올라갈 것이다.

"그런데 일을 해주고 있는 개발자 한 명이, 팀장급 한 명이 더 투입될 것 같다고 위험수당을 더 요구하고 있는데 어떻게 할까요?"

"팀장?"

"전에 말씀드렸던 손석호라는 사람입니다."

"손석호?"

김만호는 기억이 잘 나지 않는 눈치였다. 보고를 하던 사람이 눈치를 보더니 설명을 덧붙였다.

"정단비 팀장이 팀을 만들 때 데리고 온 사람입니다. 방통대 출신에 신세기 오기 전까지 프리랜서로 활동했었습니다. 과거 IT 노동조합에서 활동한 경력도 있습니다."

"아, 그 빨갱이 새끼."

"그게 상당한 능력자인지 시스템의 문제점을 정확하게 파고들고 있다 합니다."

"그래서 얼마 달라는데."

"일억에 추후 신세기에서 나왔을 때 미래정보기술 팀장급 자리를 요구하고 있습니다."

김만호가 생각에 잠겼는지 주먹을 쥐었다 폈다 했다.

"지금 협력사들한테 걸은 게 얼마 쌓여 있지?"

"일억 조금 넘습니다."

"준다고 해, 대신 일 처리가 확실하게 끝났을 때라는 조건 붙이고."

"알겠습니다."

상대방의 일을 철저하게 방해하는 만큼 자신의 일도 한 치의 오차 없이 준비해야 한다. 그것이 김만호로 하여금 사원으로 입사하여 이사까지 오게 만든 원동력 중 하나였다.

"시연회 준비는 차질 없겠지?"

"네. 안병훈이 오픈 소스 컨트리뷰터입니다. 그것도 추천 관련 오픈 소스라고 하더군요."

"이번 일만 잘 끝나면 다음 인사 시즌에 진급시켜 줘."

"네."

이야기가 끝나도록 미소가 끊이질 않았다.

*   *   *

용호는 버그 창을 연구하며 찾아낸 몇 가지 규칙을 수첩에 다시 정리했다.

버그 창에 버그로 인식되어 보이는 경우.

성능 문제.

1. 성능상의 비효율이 있을 경우 나타남.

로직 문제(전제 조건이 필요하다)

1. 입력값과 출력값이 작성되어 있는 프로그램 설계 문서가 존재해야 한다.

2. 최소한 한 번 컴파일된 적이 있어야 한다.

기본 에러.

1. Exception 발생 시 나타남.

버그 창의 규칙에 비추어 보니 NetFlax Prize를 준비하며 만들어놓은 문서에 출력값이 없었다.

RMSE Score : 0.8659 (+10.0%)

용호가 원하는 결괏값을 문서에 추가하였다.

Ctrl+F11.

그리고 이클립스에서 자바 프로그램을 실행시키는 단축키를 눌렀다.

제목 : maut 시스템의 Collaborative Filtering(협업 필터링 : 추천 알고리즘으로 많이 사용되는 이론 중 하나) 튜닝.

내용 : 협업 필터링의 문제인 초기 평가자 문제(First—Rater Problem) 또는 콜드 스타트 문제(Cold—Start Problem)로 인해 시스템의 성능이 사용자의 기대에 미치지 못하고 있습니다.

결과 : Classification(군집화), Singular value decomposition(단일값 분해) 비롯한 여러 알고리즘을 혼합하여 사용해야 합니다.

자세한 내용은 아래와 같습니다.

버그 창의 알람은 수십 줄로 그치질 않았다. 용호도 처음 듣는 용어들로 점철되어 두 자리를 우습게 넘어가고 있었다.
'이제 이대로 따라 하기만 하면 된다는 말이지.'
용호의 눈이 어느 때보다도 빛나기 시작했다.
답을 찾았다.
이제 이대로 따라 하기만 하면 되었다. 용호의 손이 눈보다 빠르게 움직이기 시작했다.

                    *   *   *

미국 시애틀.
컴퓨터 앞에 세 명의 남자가 둘러앉아 있었다.
팀명 The Dessert.
현재 NetFlax Prize에서 일등을 달리고 있는 팀이었다.
"데이브, 어때?"
"당연히 일등이지."
금발 파마머리의 데이브가 당연하다는 듯 웃으며 말했다.

RMSE Score : 0.8669(+9.8%)

꾸준한 알고리즘 튜닝을 통해 매일 최고 기록을 경신하고 있었다.

"10% 이상 경신하는 건 어려워 보이지?"

"0.2% 올리는 게 만만치가 않네."

"이것만 해도 어디야. 작년 우승 팀보다 높잖아."

"하긴 작년에는 연합해서 이 정도였나?"

NetFlax Prize에서 우승한 팀 중 하나의 방식이었다.

상위권에 오른 팀들에게 연락해 그들이 사용한 방법을 공유받은 후에 각각의 알고리즘들을 조합하여 9.5% 성능 향상을 이루어 냈다.

그들도 10%라는 벽을 돌파하지 못했다. 지난 5년간 단 한 팀도 10%라는 벽을 통과하지 못했다.

10%의 성능 향상으로 우승하는 팀에게는 Grand Prize라고 하여 100만 달러의 두 배인 200만 달러의 상금이 주어진다.

주최 측이 정한 10%라는 성능 향상 지표는 처음에는 쉽게 달성될 것도 같았지만 이제는 마의 벽으로 통했다.

달성될 듯, 안 될 듯하며 사람들의 도전 의식을 고취시켰다.

"일단 우리 힘으로 해보자."

시애틀의 반짝이는 야경이 시선을 사로잡는 밤.

아름다운 밤에 마음을 빼앗길 새도 없이 사람들은 다시 작업에 몰두했다.

시애틀의 잠 못 드는 밤이었다.

*   *   *

서울도 야경이라면 세계 어느 도시 못지않았다.
꺼지지 않는 사무실의 불은 성장의 동력이었다.
"됐습니다."
기지개를 펴며 용호가 자리에서 일어났다.

RMSE Score : 0.8669 (+10.0%)

이클립스 창에 손석호와 용호가 꿈에 그리던 숫자가 찍혀
있었다.
"저, 정말입니까?"
손석호가 도저히 믿기지 않는다는 듯 물어왔다.
"네, 수석님."
잠을 자지 못해 푸석한 피부지만 눈빛만은 형형하게 빛나
고 있었다. 거짓말을 하는 사람의 눈이 아니었다.
손석호가 용호가 가리키고 있는 화면을 보았다.

RMSE Score : 0.8669 (+10.0%)

손석호는 믿기지가 않는 듯 두 손으로 눈을 비볐다.

"마, 말도 안 돼."

"진짜 힘들었습니다. 죽는 줄 알았어요."

"어떻게, 어떻게 한 겁니까?"

손석호의 목소리가 떨려왔다. 항상 능청스럽게 평정심을 잃지 않았던 손석호였다. 정단비 앞에서도 거침없이 행동하던 그였다.

희열.

온몸을 관통하는 희열이 손석호를 감싸고 있었다.

"그게 어떻게 한 거냐 하면."

용호는 버그 창에 나와 있던 대로 차근차근 손석호에게 설명을 시작했다.

놀란 입이 다물어질 줄 몰랐다.

결제 오류를 해결했을 때의 기대감이 용호가 작성한 코드를 보았을 때 무너지는 것을 느꼈다.

그러나 아니었다.

용호는 다이아몬드였다.

굳이 누군가가 깎고 다듬어 빛나게 할 필요가 있는 원석이 아니라 이미 스스로 찬란한 가치를 드러내고 있었다.

그날 NetFlax Prize의 1위는 바뀌었다.

팀명 Shinseki Maut.

NetFlax Prize의 Leaderboard 게시판에 새롭게 올라온 팀

의 이름이었다.

*   *   *

유통 시장의 성장은 점차 둔화되고 있었다.

주력 시장인 백화점과 할인 마트의 매출 증가세는 눈에 띄게 줄고 있었다.

그에 반해 온라인 쇼핑의 매출은 폭발적으로 증가하고 있었다.

매해 20%, 30%의 성장.

유통 서비스 기반의 신세기도 시대적 흐름을 따라가야 했다. 그래서 나온 것 중 하나가 PS(Preference Shoot) 시스템, 바로 취향 저격 시스템이었다.

고객의 취향을 저격하겠다.

고객보다 회장님의 취향을 저격해야 하는 중간보고 성격의 시연회 날이 밝았다.

"그럼 먼저 미래정보기술에서 준비한 발표 자료를 보시겠습니다."

정단비 팀이 개발 중인 시스템과 미래정보기술이 개발 중인 시스템을 경쟁시켜 더 많은 매출을 일으키는 시스템을 채택하기로 되어 있었다.

오늘은 실제 경쟁에 들어가기 전, 중간보고의 성격을 가지고 있었다.

페이퍼 대결.

각 회사의 주요 인사들이 모두 모인 가운데 미래정보기술의 발표가 시작되었다.

오픈 소스 마웃의 컨트리뷰터로 활동하고 있는 안병훈.

KO통신에서 추천 시스템을 실제 운영하며 쌓은 다년간의 노하우.

이 두 가지가 미래정보기술에서 강조하는 강점이었다.

"스마트 쇼핑 전략 기획팀 준비 부탁드립니다."

정단비가 앞으로 나섰다.

첫 문구부터가 자극적이었다.

커다란 화면에는 단 하나의 숫자가 쓰여 있었다.

1.

"이제 1등을 지향하는 것으로는 살아남을 수 없습니다. 1등으로 시작해야 합니다."

그리고 다음 화면으로 나온 것이 NetFlax Prize의 Leaderboard 게시판이었다. 아직 최종 결과 발표까지 2주가 남아 있었지만 현재까지는 1등이었다.

팀명 Shinseki Maut.

"현재 저희 추천 엔진은 세계적인 추천 알고리즘 경진 대회인 NetFlax Prize에서 1등을 하고 있습니다."

가운데에서 지켜보고 있던 정진용 회장의 얼굴에도 변화가 생겼다.

정단비의 발표에 관심을 보이고 있는 것이다. 그리고 바로 옆에서 보좌하고 있던 정진훈의 얼굴이 살짝 굳어졌다가 금세 원래 상태로 회복되었다.

"미래정보기술에 추천 시스템 오픈 소스인 마웃의 컨트리뷰터가 있다고 하셨나요? 저희 쪽에는 커미터가 있습니다. 아시는 분은 아실 테지만 컨트리뷰터가 되기 위해서는 커미터의 승인이 필요합니다. 저희 손석호 수석이 미래정보기술의 안병훈 과장이 참여할 수 있도록 승인을 했다는 말입니다."

정단비의 발표가 계속될수록 미래정보기술 쪽 사람들의 표정은 썩어 들어갔다.

"패스트 팔로워의 시대는 갔습니다. 이제 퍼스트 무버가 되어야 합니다. 저희 PS시스템이 초석을 닦을 것입니다."

중간보고이자 페이퍼 대결의 승자는 누가 봐도 명확했다.

단지 몇몇 사람들이 인정을 하지 못할 뿐이었다.

*   *   *

발표가 끝난 대강당에서 안병훈이 용호를 발견하고는 반가움에 손을 내밀었다.

"용호야."

"아, 과장님."

그러나 반가움은 이내 안쓰러움으로 바뀌었다. 쏙 들어간 볼과 맞잡은 손에서는 앙상함이 느껴졌다.

"너… 도대체 얼마나 일을 하길래 이렇게까지."

안병훈은 한눈에 용호의 상태를 알 수 있었다. 잦은 야근과 밤샘 근무를 통해 한 사람이 변해가는 과정을 누구보다 잘 알고 있었다.

지금 용호의 상태가 딱 그러했다.

"괜찮습니다. 그렇게 힘들지는 않아요."

안병훈이 걱정스러움이 가득 묻어나는 얼굴로 한마디 던졌다.

"그러길래 내 밑으로 오라니까. 이렇게까지 하지는 않을 텐데."

용호의 얼굴은 상해 있었다.

마치 썩은 사과 같았다.

1등이라는 결과를 얻은 대신, 건강이라는 희생을 치른 것이다.

"제 밑에 있어서 이렇게 된 건 아닙니다. 오해하지 말아주세요."

"수, 수석님."

한쪽 귀를 움찔거리며 용호의 대화를 듣고 있던 손석호가 나섰다.

오늘은 웬일인지 단팥빵을 먹고 있지 않았다.

대신 표정이 안 좋은 것이 기분이 상한 듯 보였다.

그 말에 당황한 듯 안병훈이 주춤거렸다.

"아, 제 말은 그런 뜻이 아니라."

"반가워요. 손석호라고 합니다. 이렇게 오프라인으로 만나는 건 처음이네요. coffee.ahan 님."

"그, 그럼 그쪽이 maut 님?"

coffee.ahan은 안병훈이 오픈 소스 컨트리뷰터로 활동하며 사용하는 닉네임이었다.

오픈 소스 maut 프로젝트의 커미터와 컨트리뷰터의 오프라인 만남이었다.

*　　　*　　　*

"커미터가 손석호 수석님이셨군요."

"저도 놀랐습니다. 이런 상황에서 만나게 될 줄은 몰랐네요."

"마웃의 커미터까지 계시니 이번 사업은 저희 쪽이 수주하기 어려울 듯 보이네요."

"하하, 용호의 전 직장 상사시라고요?"

손석호는 프로젝트보다 용호와 안병훈과의 관계가 궁금한 듯 보였다.

그런 손석호의 질문에 용호가 답했다.

"아, 네. 잘 해주셨어요. 안 과장님 덕분에 인턴 생활 때 많이 배웠습니다."

"용호가 참 열심히 했었죠. 오히려 저희 회사가 도움을 많이 받았는데… 아쉽게도 인연이 아니었던 모양입니다."

"그러게요. 미래정보기술도 알 만하군요. 이런 인재를 놓치다니요."

손석호의 인재라는 용호는 말에 생기는 뿌듯함을 감출 수가 없었다.

오픈 소스 컨트리뷰터에 이어 커미터에게까지 인정받았다.

비록 버그 창의 도움을 받았다고는 하지만 스스로에게 부끄럽지 않을 만큼 노력했다.

"그러게 말입니다……."

아쉬움이 묻어나는 안병훈의 말에 용호의 입술이 씰룩거렸다. 지금까지 했던 고생의 보람이 온몸을 휘감았다.

*   *   *

파앗.

정진훈이 던진 A4 종이 한 다발이 공중에서 춤을 추며 바닥으로 떨어져 내렸다.

"이런 쓰레기를 왜 들고 온 겁니까?"

정진훈의 안하무인격인 행동에도 접대용 의자에 앉아 있던 김만호와 미래정보기술의 주요 인사는 무표정으로 일관했다.

누가 갑이고 을인지는 현재 앉아 있는 위치에서부터 알 수 있었다.

가장 상석에 앉아 있는 정진훈.

그리고 그 아래쪽으로 앉아 있는 미래정보기술이었다.

"……."

"저는 능력 있는 분들에게는 그에 걸맞은 대우를 합니다. 그리고 그렇지 못하는 분들에게도 그에 맞는 대우를 해드리죠."

정진훈의 말에 아무도 토를 다는 사람은 없었다. 신세기 그룹의 차기 회장 1순위 정진훈의 말에 미래정보기술의 임원은 명함도 내밀지 못했다.

"마지막 결과까지 지켜보겠습니다."

펄럭.

내리 갈굼.

김만호가 정진훈의 사무실에서 당한 치욕을 해소하는 방법이었다.

"차질 없이 준비했다면서?"

"죄송합니다."

"IT 회사 근무한다는 놈이 오픈 소스 커미터가 누군지도 몰라?"

"설마 마웃 커미터가 정단비 밑에 있었을 줄은……."

아래를 보고 있는 남자는 고개를 들지 못했다. 공중에 흩날리던 종이 몇 장이 남자의 머리 위로 내려앉았다.

그 모습에 김만호도 화가 가라앉는지 차분히 말을 이어갔다.

"어차피 중간보고는 보고일 뿐인 거 알지?"

"네."

"그래, 결과가 좋으면 다 좋은 거야. 실제 매출액 대결할 때는 절대 오늘 같은 일 생기지 않도록 해."

"알겠습니다."

그제야 남자가 고개를 들고 김만호의 사무실을 빠져나왔다. 남자의 머리 위에 얹혀 있던 종이 몇 장이 흘러내렸다.

PS시스템 중간보고.

종이에 적혀 있던 글귀였다.

*   *   *

"데이브! 데이브!"

호들갑스럽게 자신을 부르는 동료의 말에 데이브가 고개를 돌렸다.

"왜. 무슨 일인데 그래?"

"Leaderboard 확인해 봤어?"

"아니. 오늘은 아직 안 해봤는데."

데이브의 동료가 놀라움에 제대로 말을 잇질 못했다. 그 모습에 궁금증이 커진 데이브가 재촉했다.

"무슨 일인데 그래."

"10%, 10%가 올라왔어!"

"뭐? 어딘데?"

10%라는 말이 뜻하는 바를 데이브는 바로 알아차렸다. 자신이 그렇게 원해 마지않던 수치였다.

스스로도 슬슬 한계를 느끼고 있었다.

The Dessert 팀의 구성만으로는 10%의 벽을 깨지 못할 것 같았다.

지금까지 달성한 9.8%라는 수치도 기적과도 같은 일이었다.

그런데 그 벽을 깬 팀이 나타난 것이다.

"Shinseki Maut. 라고 혹시 들어본 적 있어?"

"처음 들어보는데……."

"찾아보니까 순위권에 한 번도 든 적이 없던 팀이더라."

"그렇다는 말은, 혹시 순위권 팀들이 연합한 거 아냐?"

데이브는 가장 가능성이 높은 방안을 이야기했다. 팀 간의 연합이 아닌 개인이 구성한 팀이 10% 벽을 부수었다는 말을 믿고 싶지 않았다.

그 말을 믿기에는 세계 최고의 추천 시스템을 보유하고 있는 '밀림'사 Senior Data Engineer의 자존심이 허락하지 않았다.

"그렇지는 않아 보여. 그랬다면 기존의 순위권 팀들이 사라져 있어야 할 텐데 그대로야. 그냥 순위가 하나씩 밀렸을 뿐이야."

"말도 안 돼."

데이브가 믿기지 않는다는 듯 중얼거렸다.

마의 벽 10%.

주최 측도 정확한 기준을 가지고 정한 수치는 아니었다. 그저 우연히 사람들의 도전 의식을 자극하는 수치가 되어 버린 것이다.

손만 뻗으면 닿을 듯했지만, 10%는 프로그래머들에게 쉽게 허용되지 않았다.

그것이 벌써 5년째였다. NetFlax Prize의 Grand Prize 상금을 탄 팀이 5년째 나오지 않았다.

그저 1등을 하면 100만 달러였지만 10%가 넘는 성능 향상 수치를 제시하면 Grand Prize로 200만 달러의 상금을 받게 된다.

"혹시 다른 팀들이 연합한 것일 수도 있으니 연락해 보자."

미국 시애틀에서 발신된 메일이 전 세계로 뻗어나갔다.

*   *   *

두 번째였다.

잊을 수 없는 경험을 선사해 준 손의 감촉이 용호를 덮쳐왔다. 단지 손을 잡았을 뿐이지만 전기에 감전이라도 된 듯 용호의 머리가 찌릿찌릿거렸다.

"수고했어요. 그리고 고마워요."

"아닙니다. 다 손 수석님 덕분입니다."

용호의 겸손한 말에 손석호가 손사래를 쳤다. 그러고는 용호의 양어깨에 손을 올렸다.

"무슨 말이에요. 이건 전적으로 용호 씨가 고생해서 얻어낸 결과 에요."

"어찌 됐든 정말 수고했습니다. 많이 피곤해 보이는데… 우리 상황이 그렇게 좋지 않아서요. 휴가는 이번 일만 마무리되는 대로 보내 드릴게요."

정단비가 미안함을 담아 말했다. 페이퍼 경쟁에서는 미래정보기술의 코를 납작하게 눌러놓았지만, 실상은 참혹했다.

시스템이 돌아가질 않았다. 이제 시스템 오픈까지 이 주밖에 남지 않았다.

신세기 온라인 쇼핑 사이트인 신세기 몰과 테스트를 진행 중이었지만 사이트에서 제공해 주고 있는 데이터는 모두 거짓된 데이터였다.

정단비 팀이 구축한 PS시스템이 작동하며 만들어낸 데이터가 아니라 테스트 데이터 셋이 번갈아 가며 노출되고 있었다.

"팀장님. PS시스템에 용호를 투입하실 생각이신 겁니까?"

"네. NetFlax Prize도 PS시스템 구축을 위한 단계의 일환으로 추진한 일이니까요. NetFlax Prize에서 성과가 났는데 당연히 투입해야지요."

"아직 최종 결과가 발표 나지 않았습니다. 그사이 다른 팀이 더 높은 수치를 제출할 수도 있고요. 그리고 지금 구축된 PS시스템에 용호를 투입하는 건 용호보고 죽으라는 것밖에 되지 않습니다. 그런 악취 나는 시스템에 용호를 내줄 수는 없습니다."

손석호가 정단비의 말에 격렬하게 반대했다. 지금까지 잠도 제대로 자지 못하고 일해온 용호였다. 이제 성과를 내고 쉴 만하니 PS시스템 구축에 참여하라는 말이었다.

더구나 PS시스템은 초기 설계부터가 잘못되어 있었다. 아무리 능력 있는 기술자가 투입되어 바꾸어 나간다 해도 절대적인 시간이 필요했다.

"손 수석님, 이 팀의 팀장은 접니다."

"그래서요?"

손석호는 한층 공격적으로 나섰다. 입에 단팥빵을 우물거리며 웃던 모습은 온데간데없었다.

"수석님."

그런 모습을 정단비도 알고 있었기에 더 이상 강하게 나가지는 못했다.

"수석님, 저는 괜찮습니다. 다른 분들도 다 고생하시는데 저도 같이해야죠."

"용호 씨는 이제 좀 쉬어도 돼요. 그리고 혹시 여기를 꼭 다녀야 하는 게 돈 때문이라면 걱정하지 마요. 10%면 Grand Prize라고 상금이 200만 달러로 올라가니까. 그중 100만 달러는 용호 씨 몫입니다. 나머지는 지금까지 고생한 동료들도 있으니까 그 사람들을 줘야 하고요."

"2, 200만 달러요?"

"그래요 우리나라 돈으로 20억. 그러니까 부당한 강요에 고개 숙일 필요 없어요."

손석호의 말이 이어질수록 정단비의 인상이 찡그려졌다. 아직 20대 초반의 나이고, 아무리 개방적인 사고를 지녔다고는 하지만 재벌가의 일원. 손석호만큼 자유로운 생각을 하고 있는 것은 아니었다.

"손 수석님."

손석호를 부르는 정단비의 목소리에서 용호는 분란의 조짐을 읽었다. 자신이 호감을 가지고 있는 두 사람이 목전에서 다투는 모습을 보고 싶지 않았던 용호가 급하게 입을 열었다.

"하, 하겠습니다. 팀이잖아요. 서로 도와야죠."

용호의 말에 손석호가 손바닥을 위로 들어 보이며 눈을 크게 떴다.

"그렇다는데요?"

이미 야근은 습관이 되어 있었다. 일찍 퇴근하는 것이 오히려 어색했다.

*   *   *

파란 눈에서 불꽃이 일어날 듯했다.

Leaderboard에 올라가 있는 이름 Shinseki Maut.

그리고 바로 밑에 적혀 있는 자신의 팀 The Dessert.

데이브는 몇 날 며칠 밤을 새웠는지 머리는 떡 져 기름기가 쫠쫠 흘렀고, 책상 한편에는 말라비틀어진 피자 조각이 시간의 흐름을 알려주고 있었다.

모니터를 보고 있던 데이브의 손이 책상 한편을 더듬더듬거리더니 피자 조각을 집어 들었다.

탁.

그런 데이브의 손을 낚아채는 손이 있었다.

"집에 안 갔어?"

"어, 어? 제시."

"어쩐지 여기 있을 것 같더라니. 집에 안 가?"

"와우, 대단해. 이렇게 흥분되기는 정말 오랜만이야."

"뭐가."

"10%! 도대체 어떻게 그런 수치가 나왔지. 지난 5년간 NetFlax Prize에서 10% 성능 향상을 보인 팀이 없었는데 말이야. maut팀은 도대체 어떤 알고리즘을 사용했을까?"

데이브의 목소리는 호기심으로 가득 차 있었다. 밤을 새운 듯 보였지만 전혀 지쳐 보이지 않았다.

오히려 한시라도 빨리 알고 싶다는 궁금증에 젖어 있어 보였다.

"또 그 이야기야? 제임스도 미쳐 있던데. 그러니까 친하게 지내는 거겠지만."

"생각해 봐, 제시! 10%야! 불가능의 벽이라 불리고 있다고. 그런데 누군가가 해냈어! 궁금하지 않아?"

즐거워 보이는 데이브의 모습에 제시는 두 손, 두 발 다 들었다는 듯 손을 들어 보였다.

"그러면 그쪽 팀에 연락을 해보던가."

"그럴까? 아, 아니야. 그건 너무 쉽지. 그래도 승분데. 아무래도 다른 팀과 연합을 해야 할까 봐."

"연합?"

"팀명도 정했어. The Dark Forces!"

"뭐? 그건 너무 악당 같지 않아?"

"우리가 악당이 된 거잖아. 저 팀은 단독으로 이루어낸 성과를 우리는 연합하여 이루려고 하니. 재밌겠지? 이미 몇몇 팀에서 연합을 하겠다고 연락이 왔어. 참고할 만한 내용들이 많더라."

"휴우… 누가 널 말리겠니. 그래서 나는 뭘 하면 되는데?"

"일단 Grand Prize United에서 보내온 것부터 한번 살펴봐

봐. 내가 JIRA(프로젝트 관리 툴)에 올려뒀어."

데이브의 옆에서 제시도 팔을 걷어붙이고 앉았다. 둘은 몇 시간을 한마디 말도 없이 각자의 일에 집중했다.

* * *

'손 수석님 말씀을 들었어야 했나.'

PS시스템을 마주하자 든 생각이었다. 용호의 코로도 냄새가 느껴지는 것 같았다.

지독한 악취가 코드에서 풍겼다.

'이상하단 말이야.'

코드를 보고 있는 용호가 연신 고개를 갸웃거렸다.

hyungu.lee

이 아이디로 커밋된 소스가 유독 심했다.

코드를 작성함에 있어 몇몇 지양해야 할 것들이 있었다.

중복된 코드(Duplicated Code).

긴 메소드(Long Method).

거대한 클래스(Large Class).

긴 파라미터 리스트(Long Parameter List) 등등.

코드의 가독성을 떨어뜨리기 때문에 중급 이상의 경력을 가지고 있다면 대부분이 알고 있는 상식적인 것이었다.

그러나 용호의 착각이 섞여 있었다. 사실 중급의 경력이라고 해도 기본기도 제대로 갖추지 못한 사람들은 차고 넘쳤다.

마치 공무원처럼 배움과 능력 없이 경력만으로도 인정받고 자 하는 사람들이 많았지만 아직 용호가 만나보지 못했을 뿐이었다.

'이현구라면 PS시스템 PL님이신데.'

용호도 익히 알고 있는 이름이었다.

신세기 그룹 중 하나인 신세기 I&C에서 능력을 인정받아 정단비의 팀으로 배정되었다.

그런 사람이 작성한 코드라고는 믿기 어려울 정도였다.

'내가 직접 말하는 것보다야 손 수석님에게 말씀드리는 편이 낫겠지.'

코드를 보던 용호가 자리에서 일어났다. 이제는 코드를 보는 눈까지 좋아지고 있었다. 손석호 정도는 아니었지만 그와 함께 작업을 하는 데 무리가 없을 정도로 실력이 향상되었다.

손석호가 개발팀을 한자리에 모았다. NetFlax Prize에서 1등이 거의 확실시되었기에 손석호도 PS시스템에 투입되었다.

손석호가 제일 먼저 한 일은 허지훈의 배제였다.

절대 개별 프로그래머들과 이야기를 나눌 수 없도록 만들었다. 모든 소통의 창구를 손석호 자신에게로 단일화시킨 것이다.

그것만으로도 개발팀의 분위기가 단숨에 달라졌다.

"자, 다들 모였으면 PS시스템 정상화 방안을 말씀드리겠어요."

회의실에 모여 있는 프로그래머들의 얼굴에도 생기가 돌았다. 손석호가 하면 된다는 믿음이 있었다.

그는 누가 뭐라 해도 팀 내 최고 실력의 코더였다. 더구나 마웃의 제작자.

기댈 수 있는 언덕이 있고 없고의 차이가 사람들의 심리적 안정에 얼마만큼의 영향을 줄 수 있는지 알 수 있는 모습이었다.

"일단 여러분 모두 3일간 휴가를 드리겠습니다."

"네?"

회의실에 모여 있는 사람들 사이에서 웅성거림이 그치질 않았다.

PS시스템 구축이 시작되고 나서 정시 퇴근은 고사하고, 주말에도 거의 쉬어본 적이 없었다.

그렇다고 야근 수당이 착실하게 지급되는 것도 아니었다. 교통비 명목으로 지급되는 3만 원이 다였다.

사람들의 불만은 치솟았고 사기는 주저앉고 있었다.

그렇다고 그만둘 수도 없었다.

이러지도 못하고 저러지도 못하고 망하든 말든 한시바삐 프로젝트가 끝나고 쉬고 싶은 생각만이 간절했다.

어차피 월급쟁이 직장인.

프로젝트가 망하든 말든 어차피 월급은 나오는 것이다.

"자, 자, 조용히 해주세요. 제가 정단비 팀장님께 말씀드렸습니다. 수, 목, 금 이렇게 쉬시면 됩니다. 물론 토, 일요일에도 출근하실 필요 없습니다."

"이번 프로젝트가 끝난 건가요?"

회의실에 앉아 있던 누군가가 물었다. 모두의 궁금증을 대변해 주는 듯 하나같이 관심 있는 표정으로 손석호의 입만을 바라보고 있었다.

"저도 바라는 바였지만 아쉽게도 그건 아닙니다."

"그럼 무슨 말씀이신지."

"저와 여기 용호 씨가 5일 동안 PS시스템에 대한 전반적인 수술에 들어갈 겁니다. 아마 휴가가 끝나고 돌아오시면 코드가 상당 부분 바뀌게 될 겁니다. 물론, 그게 끝이 아니라 시작입니다."

손석호의 말은 모두에게 경악과 한편으로는 질시를 불러일으켰다. 5일이면 너희들이 해내지 못한 것을 둘이서 해낼 수 있다고 말하는 듯했다.

소프트웨어는 제조업과는 다르다.

제조업은 투입 인력만큼 일정 한계까지 생산량이 늘어나지만, 소프트웨어는 투입 인력과 생산량이 비례하지 않는다.

한 명이 100명분의 일을 해낼 수도 있다.

사람들의 부러움이 발생하는 이유였다. '우리 둘이서 너희

들 모두를 대체할 수 있다'고 말하는 것이다.

"시스템이 정상화되기까지 한 달 정도 보고 있습니다. 그때쯤이면 스마트 쇼핑 전략팀의 생존이 걸린 대결도 절반 가까이 지났을 테지만 걱정하지 마세요. 여러분들 모두 인사고과 A+를 받을 수 있도록 만들어 드리겠습니다. 대신 휴가 다녀와서 3주 정도 정말 빡세게 해봅시다."

대부분의 사람들이 손석호의 말에 고개를 끄덕였다. 이미 지금까지 손석호라는 사람이 스마트 쇼핑 전략 기획팀에서 해왔던 행동들이 있었다.

프로그래머들의 입장에서 생각해 주었다.

자신이 회사에서 잘리든 말든 신경 쓰지 않고 가려운 부분을 긁어 주었다.

내리 갈굼은 없었고, 실력이 모자란 개발자는 적절한 조언으로 이끌어주었다. 그렇다고 잘난 척을 하거나 이것도 모르냐는 식의 비아냥거림도 없었다.

누구나 원하는 이상적인 상사이자 실력 있는 프로그래머.

그것이 팀에서 차지하고 있는 손석호의 입지였다.

그런 그의 말이었기에 크게 토 다는 사람 없이 모두가 수긍할 수 있었다.

그러나 단 한 사람, hyungu.lee라는 아이디를 가진 사람만은 무엇인가 마음에 들지 않는 눈치였다.

                    *   *   *

　책상에는 피자 박스가 겹겹이 쌓여 있었다. 모니터에는 피자를 먹다 튀었는지 빨갛고 노란 소스가 얼룩덜룩 묻어 있었다.

　"와우!"

　"왜?"

　"10%! 됐어!"

　"진짜?"

　데이브가 손가락으로 모니터를 가리켰다. 마침 숫자가 나오는 부분에 소스가 묻어 있어 결과가 제대로 보이지가 않았다.

　"너는 얼굴도 깔끔하게 생긴 놈이……."

　제시가 옆에 놓여 있던 물티슈를 이용해 모니터를 닦아냈다.

　0.8658.

　용호가 올린 0.8659보다 끝자리 하나가 더 높았다.

　"맙소사. 진짜 해낸 거야?"

　"운이 좋았어. 기존 알고리즘을 튜닝한 게 아니라 연합에 들어온 팀들의 알고리즘을 순서를 바꿔가면서 배치하다 보니… 짠!"

　"어쨌든 대단해! 역시 데이브. 어서 올리자."

　"후훗, 이걸로 다시 1등 탈환인가."

"1등 탈환하는 건 좋은데, 너는 이제 좀 씻어라. 냄새나서 같이 일 못하겠어."

제시가 코를 막으며 말했다. 데이브의 주변은 마치 돼지우리를 연상케 했다. 코를 막게 할 만큼 냄새를 풍기는 상황이었지만, 둘의 얼굴에서는 웃음이 떠나질 않았다.

그리고 Leaderboard의 순위가 다시 변경되었다.

The Dark Forces.

1위에 이름을 올린 팀명이었다.

*   *   *

기계식 키보드의 청명한 소리가 텅 비어 있는 사무실에 사람이 있다는 사실을 알려주고 있었다.

"이제 서버 올릴게요."

"네, 수석님."

미국 시애틀에서 근무 중인 데이브의 책상이 돼지우리라면 용호가 근무하고 있는 사무실은 쓰레기장을 방불케 했다.

바닥에는 샌드위치 껍데기와 콜라 캔들이 뒹굴고 있었고 사람 손이 닿지 않은 책상에는 먼지가 소복이 쌓여 있었다.

사무실 청소를 하는 분이 계셨지만, 손석호가 5일 간만 청소를 하지 않아도 된다고 이야기를 해놓았다.

psstartup.sh

서버에서 쉘 명령어를 치자 로그가 정상적으로 올라오기 시작했다.

"테스트 데이터 넣겠습니다."

PS시스템은 일정량의 데이터가 쌓이면 자동으로 추천 엔진이 돌도록 설계되어 있었다. 용호는 추천 엔진이 추천 데이터를 생성하는 시간을 측정하기 위해 데이터를 insert시켰다.

Making the referral data....(241 sec).
Making the referral data....(242 sec).
......
Making the referral data....(369 sec).
———————COMPLETE———————.

369초.

6분 만에 데이터 생성이 완료되었다.

"완료됐습니다."

"이제 좀 쉴까요?"

"휴우… 그러시죠."

용호가 이제야 부담감을 덜어냈다는 듯 한숨을 내쉬며 스스로 어깨를 주물렀다.

창밖을 바라보니 중천에 떠 있던 달이 저물고 있었다. 일요일이 지나고 월요일을 알리는 해가 달을 밀어 내리고 있었다.

"고생했어요."

"아닙니다. 수석님이야말로 한숨도 안 주무시고… 괜찮으세요?"

지난 5일간 용호가 놀란 건 손석호의 실력만이 아니었다.

체력.

젊은 나이의 용호보다 체력이 더 좋았다. 용호는 중간중간 기절한 것처럼 눈을 감았다가 정신을 차렸지만 손석호는 달랐다.

용호가 깨어 있는 동안 손석호가 눈을 감고 있는 모습을 단 한 번도 본 적이 없었다.

"단팥빵의 힘이라고 할까요?"

"네?"

"하하, 농담이고… 용호 씨도 이제 운동 시작하세요. 강철 같은 체력도 훌륭한 프로그래머의 덕목 중 하나입니다."

"이번 일만 끝나면 헬스장 등록해야겠네요."

"그래요. 그럼 사람들을 맞이하러 가볼까요?"

*　　　　　*　　　　　*

"갈아엎는 수준으로 시스템을 수정했습니다. 앞으로 여러분들은 그 밖에 자잘한 기능들에 대해 수정과 개발을 진행해

주면 되겠습니다. 먼저 앞에 놓인 시스템 스펙을 숙지해 주세요. 벌써 시스템 매출액 대결이 시작된 지 일주일이 지났습니다. 프로젝트가 끝날 때까지 약 두 달간만 고생해 주세요."

손석호가 사람들을 모아놓고 브리핑을 하고 있었다. 개발 팀 사람들이 휴가를 다녀오는 사이 용호와 함께 시스템의 전반적인 부분에 대한 대대적인 수정이 있었다.

간략하게 이야기한다는 게 1시간이 넘어버렸다.

"그리고 앞으로 소스를 커밋한 후에는 여기 용호 씨에게 쪽지를 보내주세요."

손석호의 말은 간단했다.

수정을 했으면 용호에게 검사를 받으라는 말과 같았다.

이미 능력을 충분히 입증해서일까. 다행히 큰 반발은 일어나지 않았다.

"그럼 각자 맡은 역할에 대해 질문 있으면 받겠습니다."

그 시간에도 미래정보기술과 정단비 팀의 매출 격차는 벌어지고 있었다.

10억 그리고 2억.

미래정보기술도 허투루 만든 시스템이 아닌지 일주일 만에 10억의 매출을 발생시켰다. 그리고 정단비 팀의 시스템에서 발생한 매출이 2억.

다섯 배의 차이였다.

　　　　　*　　　　　*　　　　　*

　정단비의 표정이 딱딱하게 굳어 있었다. 초가을의 날씨였지
만 사무실 안은 겨울처럼 느껴졌다.

　"그게 사실입니까?"

　―네. 한번 알아볼 필요는 있을 것 같습니다.

　"중간보고가 있던 날이었다고요?"

　―제보자가 말한 내용이 구체적입니다. CSR팀에서 따로 조
사를 해보겠지만, 정 팀장님께서 알고 계셔야 할 것 같아 연락
드렸습니다.

　"알겠어요."

　정단비가 들고 있던 수화기를 내려놓았다.

　'이현구라······.'

　며칠 전에도 들었던 기억이 있었다. 손석호가 자신을 찾아
와 인력에 대한 건의를 한 건 그때가 처음이었다.

　"팀장님. 아무래도 이현구라는 친구, 다시 원래 있던 팀으로 보
내야 할 것 같습니다."

　"네? 그게 무슨 말씀이세요?"

　"예전 팀에서는 얼마나 능력을 인정받았는지 모르겠지만, 저희
팀과는 맞지 않는 것 같아서요."

손석호는 웬만하면 인력에 대한 이야기는 잘 하지 않는 편이었다. 재작년에 만나 일을 시작하면서 한 번도 인력에 대해 마음에 든다, 들지 않는다는 표현을 한 적이 없었다.

언제나 함께 이끌어가려 했다.

모자란 사람은 가르치면서, 능력 있는 사람들은 강점을 키워주면서 '함께'하려 했던 사람이었다.

그런 사람이 처음으로 인력에 대한 '배제'를 이야기했기에 똑똑히 기억하고 있었다.

'이현구… 이현구라는 말이지……'

정단비가 이현구라는 이름을 재차 곱씹었다.

*　　　　*　　　　*

한 해 매출액 4,000억.

그러나 영업 적자 300억.

신세기 몰의 초라한 성적표였다.

그렇다고 오프라인에서 온라인으로 옮겨가고 있는 소비 시장을 포기할 수도 없었기 때문에 돌파구가 필요했다.

돌파구의 일환으로 진행되는 것이 PS시스템이었다.

고객들의 취향을 저격하여 매출을 신장시키고, 적자에서 흑자로의 전환을 목표로 하는 프로젝트다.

두 달의 경쟁 기간 중, 절반이 지나가는 시점에서 승리의 여신은 미래정보기술의 손을 들어주는 듯 보였다.

"30억?"

"네. 저희 쪽 추천을 통해 지금까지 발생한 매출입니다."

"상대는 얼만데?"

"13억가량 됩니다."

"이제 한 달가량 지났나?"

총 두 달의 경쟁 기간 중, 한 달이 다 되어가고 있었다.

"그렇습니다."

김만호가 보고를 하고 있는 남자를 보며 비릿한 미소를 지어 보였다.

"그래. 그 친구한테도 수고 많다고 전해줘. 앞으로도 잘 부탁한다고."

"알겠습니다."

지금까지는 미래정보기술이 절대적 우위에 서 있었다.

*   *   *

Leaderboard 게시판을 확인한 데이브가 믿기지 않는다는 듯 머리를 감싸 쥐며 소리 질렀다.

"이건 말도 안 돼!"

RMSE Score : 0.8655.

일등이 다시 바뀌어 있었다.

1. Shinseki Maut.

2. The Dark Forces.

데이브를 주축으로 여러 팀의 연합으로 이루어진 The Dark Forces가 2위로 내려와 있었다.

"제시, 내가 지금 보고 있는 숫자가 정말 진실이야?"

"그렇겠지. 믿기지 않으면 주최 측에 연락해 보던가."

"말도 안 돼. 이건… 아니야, 이러고 있을 시간이 없지."

데이브의 격렬한 반응이 재미있다는 듯 제시가 웃으며 지켜보았다. 퀴퀴한 사무실이 그나마 제시라는 사람이 웃음으로써 밝아지는 듯했다.

"제임스는?"

"너랑 똑같은 반응을 보이더니 이곳저곳에 메일을 쓰는 것 같던데?"

"좋아. 이대로 질 수 없지. 아직 우리와 연합하지 않은 팀까지 모두 모아야겠어."

NetFlax Prize는 'Winner takes all'의 구조다.

승자 독식.

어차피 2등은 의미가 없었다.

데이브는 상금을 나누겠다는 말로 다른 팀들에게 협력을 요청했다.

데이브의 호들갑에 조용할 날이 없는 사무실이었다.

　　　　　*　　　　　*　　　　　*

　새롭게 시스템이 수정된 후, 코드 커밋은 두 단계로 나뉘었다. 1차적으로 개발자들이 SVN에 소스를 올린다.

　그리고 용호의 확인 후, 코드를 실 서버에 적용할지의 여부를 결정하는 것이다.

　코드를 보고 있는 용호가 이해가 가지 않는다는 듯 머리를 긁적였다.

　'분명 말씀을 한 번 드렸는데.'

　손석호를 통해 말을 전했음에도 변화가 없었다.

　여전히 코드에서 악취가 흘러나왔다. 다른 사람들이 작성한 코드들도 그리 만족스러운 상태는 아니었다.

　이현구는 그들과 또 달랐다.

　노력한 흔적은 전혀 찾아볼 수 없었고, 의도적이라는 생각이 들게끔 만들었다. 손석호가 알려준 방식과 완벽하게 반대로 코드를 작성하고 있었다.

　'이대로는 안 되겠어.'

　용호가 사내 메신저 창을 열고 다시 한 번 손석호를 찾았다.

　　　　　*　　　　　*　　　　　*

10% 이상의 성능을 보이는 NetFlax Prize용 추천 시스템을 신세기 PS시스템으로 변환하는 작업도 만만치 않은 일이었다.

가장 핵심이 되었던 것은, 한 번 더 추가되어야 하는 처리 과정이었다.

"NetFlax Prize용은 사용자가 몇 점의 별점을 줄지 알아맞히는 것에 있어요."

"네."

"그런데 PS시스템은 여기서 한 단계 더 들어가야 해요."

"콘텐츠별로 별점이 비슷한 사용자들을 분류해 추천을 해주는 단계를 말씀하시는 거 같은데… 맞나요?"

"이제 하산해도 되겠어요."

가르치는 가장 큰 즐거움은 누군가의 성장하는 모습에서 느낄 수 있다. 손석호는 용호가 성장하는 모습을 보며 보람과 함께 즐거운 마음을 금할 수가 없었다.

"아닙니다. 아직 수석님께 배울 게 많아요."

"용호 씨라면 그 단계를 처리하기 위해 어떻게 하겠어요?"

"이미 maut에 다 구현되어 있던데요?"

"소스까지 다 봤어요?"

"당연히 봐야죠. 저희 시스템의 근간이자 수석님이 만드신 건데."

오픈 소스 범람의 시대다.

깃 허브에 들어가면 프로그래머들이 머릿속으로 생각하고

있던 대부분의 소스들을 찾아볼 수 있었다.

이미 구현되어 있는 소스.

이제는 구현의 문제가 아니라, 조합의 문제로 패러다임이 바뀌고 있었다.

그러면서 나타난 문제가 실력 저하다.

남들이 구현해 놓은 소스를 가져다 쓰기만 하니 새로운 것을 만들어내는 능력이 떨어지는 경우가 많아지고 있었다. 그런 것을 경계했기에 손석호는 용호에게도 이러한 사실을 주지시켰다.

"그리고 수석님이 그대로 가져다 쓰면… 한 달 동안 코드 리뷰를 같이할 거라고 협박하셨잖습니까."

용호가 억눌린 음성으로 말했다. 손석호와 함께 한 코드 리뷰를 생각하면 지금도 치가 떨렸다. 능력 향상 면에서 많은 도움을 받았고 일부분 재미도 있었지만, 그래도 힘든 기억으로 남아 있었다.

"내가 그랬었나?"

능청스럽게 모르는 척하는 손석호에게 용호가 이를 갈았다.

"…네. 그러셨습니다."

"그, 그래. 그러면 어서 변환 작업 시작하죠. 미래정보기술에게 질 수야 없지 않겠어요?"

손석호가 서둘러 설명을 끝내고 일을 하기 위해 자리에 앉았다.

추천이라는 것이 사용자의 행동에 아무런 영향을 미치지 못할 거라면 손석호는 maut를 만들지도 않았을 것이다.

10%의 성능 향상을 이룬 용호의 결과물을 적용한다면 지금까지 발생한 매출액의 차이 정도는 하룻밤 사이에도 뒤집을 수 있었다.

'이건 꼭 사야 돼!'

취향 저격.

PS시스템의 업그레이드가 시작되었다.

*　　　　*　　　　*

Oh My God!

데이브가 넋을 놓은 채 자리에 앉아 있었다. 한참 머리를 쥐어뜯다가 또 한참 고개를 숙이고 가만히 있었다.

옆에서 보면 '이런 미친놈을 봤나'라는 말이 절로 나올 정도의 모습이었다.

"데이브. 정신 차려."

"제시! 이건… 아니잖아. 이러면 안 되는 거잖아."

"뭐라는 거야, 이 미친놈이."

백인답게 하얀 피부였다. 그랬기에 새빨간 입술이 더욱 도드라져 보였다. 제시의 그런 매력적인 입술도 데이브에게는 보이지 않았다.

"무려 10.5%까지 올렸다고! 나는 나 자신을 이겼어! 마의 벽을 깼다고!"

"어쩌라고."

"아니야… 내가 잘못 본 걸 거야."

데이브가 다시금 NetFlax Prize 사이트에 접속하여 Leaderboard 게시판을 열었다.

1. Shinseki Maut.

2. The Dark Forces.

순위에 변동이 없었다.

0.8581의 수치로 Shinseki Maut이 일등으로 다시 바뀌어 있었다.

11%의 성능 향상. 대회 사상 초유의 기록이 탄생했다.

"제대로 본 것 같은데."

"괴물이야. 이 새끼들은 분명 인간이 아닐 거야."

데이브가 정신 나간 사람처럼 중얼거렸다. 더 이상 그대로 두면 안 되겠다고 생각했는지 제시가 손을 들었다.

딱.

그리고 데이브의 머리에 꿀밤을 먹였다.

"아프잖아!"

"정신 나간 것 같길래 내가 너를 현실 세계로 불러주려 그랬지."

"이제 1시간 뒤에 종료지?"

"맞아."

"휴우… 시상식이 어디지?"

"아마 캘리포니아일걸."

"가자! 캘리포니아로!"

말을 마치고 주섬주섬 가방을 챙기던 데이브는 이내 들고 있던 가방을 내려놓을 수밖에 없었다.

제시가 책상 위에 있던 원피스라는 만화의 주인공 루피 피규어를 집어 든 것이다.

"휴가도 안 쓰고 그냥 가겠다고? 가서 왜? 괴물들이니까 루피처럼 고무고무 총이라도 쏘시려고요?"

"이, 일단 그건 내려놓고 말하자. 제시."

"왜? 아주 회사도 다 때려치우고 네 맘대로 살지 그래."

"으, 응. 저, 정말? 그, 그래도 돼?"

"야!"

"안 돼!"

데이브는 들고 있던 가방을 던지고 슬라이딩하듯 넘어지며 제시가 던지려는 루피 피규어를 온몸으로 방어했다.

그러나 제시는 그저 던지려는 시늉만 한 것뿐이었다.

"그러니까 정신 차리자. 어차피 결과 검증 시간도 있고, 수상자를 넷플락스 본사로 부르는 시간도 있어서 시상식은 한 달 뒤니까 말이야. 릴랙스하라고. 알았지?"

제시의 말에 데이브는 마치 말 잘 듣는 강아지처럼 고개를 끄덕였다. 망아지같이 날뛰는 데이브를 제어하는 가장 확실한 방법이었다.

＊　　　　＊　　　　＊

남자가 손을 벌벌 떨며 타자를 하나씩 치고 있었다. 이마에서 식은땀이 흘러내리는지 물방울이 뚝뚝거리며 키보드로 떨어져 내렸다.

fdisk /dev/hda.

콘솔 창에 명령어를 치자 다음 화면이 나타났다. 어차피 root계정은 프로젝트에 참여한 모든 개발자가 공용으로 사용하고 있었다.
남자는 자신이 한 일이 누군가에게 발각될 거라 생각하지 않았다.

Command (m for help) : |

명령어를 넣을 수 있는 화면.
그 끝에서 커서가 깜박이고 있었다.

덜덜 떨리는 손을 겨우 키보드에 가져다 댄 남자의 손이 키보드 위에서 움직였다.

D.

그리고 Enter.

파티션을 삭제하겠다는 옵션이었다.

남자도 처음부터 이럴 생각은 아니었다.

나름 회사에서 실력을 인정받으며 승승장구하여 과장까지 왔다.

그러나 과장까지가 한계였다.

유통 기반의 회사라는 특성상, 프로그래머보다는 관리자가 대우받았다.

부장이 되기 위해서는 개발 역량보다는 관리자로서의 역량을 키워야 했고, 그때부터 남자는 어긋나기 시작했다.

누구에게나 인정받는 개발 역량을 가지고 있었지만, 인사고과에서 D가 나왔다.

—10%

물가 상승률 3.4%를 감안하면 대략 —13.4% 정도의 연봉이 삭감되었다.

스마트 쇼핑 전략 기획팀에 온 것을 마지막 기회라 여겼다.

그리고 몸 생각은 하지 않은 채 미친 듯이 열심히 했다.

그러나 스포트라이트는 항상 손석호를 비추고 있었다.

처음에는 따라잡을 생각도 해보았다.

그러나 손석호를 대할 때마다 느끼는 것은, 마치 자신이 출발선에서 제자리걸음하고 있는 것 같다는 참담함뿐이었다.

손석호는 마라톤의 골인 지점에서 부르는데, 과장인 자신은 출발선에서 헤매고 있었다.

그리고 갑자기 나타난 용호라는 존재를 볼 때마다 불안함은 더해졌다.

어린 나이임에도 불구하고 지니고 있는 능력이 너무나 출중했다. 손석호를 쫓아가기에도 버거운 자신을 순식간에 추월해 앞서 나갔다.

과연 내가 이 업계에서 살아남을 수 있을까.

재능도 실력도 없는 건 아닐까.

걱정은 자괴감이 되었고, 그것이 분노와 적대감으로 변하는 데는 그리 오랜 시간이 걸리지 않았다.

'그래. 나가자. 내가 나가준다.'

마음을 먹자 편해졌다.

마침 적절한 기회도 찾아왔다. 마지막 기회라고 생각했던 곳에서 뜻하지 않은 동아줄을 찾았다.

Partition number(1—8) : |

모니터에서 어서 다음 단계를 진행하라 재촉하고 있었다.

이제 숫자를 고르면 된다.

남자는 프로젝트 시작부터 참여했기에 현재 추천 시스템이 몇 번 파티션에 탑재되어 있는지 알고 있었다.

하늘에서 내려온 동아줄이 키보드 숫자 3에 멈춰져 있었다. 남자는 키보드를 간질이고 있던 동아줄을 조금 더 힘주어 잡아당겼다.

툭.

'응?'

튼튼해 보이던 동아줄이 힘없이 떨어져 내렸다.

"이현구 씨. 감사팀에서 나왔습니다. 자리에서 일어나 주시죠."

고개를 돌린 이현구의 이마에서는 전혀 물기를 찾아 볼 수 없었다. 새하얗게 질린 얼굴이었다.

창백하게 질린 얼굴에 경련이 일어나더니, 곧 눈물을 쏟아 내기 시작했다.

Chapter 7
변화의 시작

—신세기 몰 돌풍. 온라인 쇼핑의 강자로 올라서나

—취. 향. 저. 격 신세기. 남심, 여심 모두 저격하다

—파죽지세의 신세기 몰. 그 성장 비법

—증권가, 신세기 그룹 4분기 매출 어닝 서프라이즈 예상

정단비 팀의 PS시스템이 구동되자마자 반응이 오기 시작했다.

사이트에 접속한 사람들에게 불필요한 광고 대신 PS시스템에서 제공하는 상품들을 노출했다.

"이건 사야 돼!"

PS시스템에서 노출된 상품을 본 사람들의 반응이었다. 왠지 클릭하고 싶어지는 상품들이 눈에 띄자 소비자들은 즉각 반응했다.

결과는 소위 말하는 대박이었다.

미래정보기술과의 격차는 금세 좁혀졌다.

그리고 이내 격차를 벌리며 앞서 나갔다.

수직 상승하는 매출 그래프를 보고 있는 정단비의 입가에서 웃음이 끊이질 않았다.

"수고했어요, 용호 씨. 덕분에 PS시스템이 정상적으로 안착했네요. 물론 손 수석님도 고생 많았습니다."

수고했다는 말에 옆에 앉은 손석호가 끼어들었다.

"그러면 이번 NetFlax Prize 시상식 참가 경비는 회사에서 모두 지급되는 거겠죠?"

"물론입니다. 여기."

정단비가 쿨하게 카드 하나를 내밀었다.

새까만 블랙.

카드에서 고급스러운 광택이 흘렀다.

"한도 제한 없으니까, 다른 참가자들에게 꿀리지 말고 국위 선양하고 오세요."

말을 하고 있는 정단비의 얼굴에서 미소가 끊이질 않았다.

아름다웠다.

그러나 용호의 정신은 그 아름다움에 팔려 있지 않았다.

"감사합니다. 팀장님. 그런데 이현구 과장님은 어떻게……."

평생에 잊을 수 없는 모습일 것이다.

30대 후반, 중년 남자가 하염없이 눈물을 떨구고 있었다.

터벅터벅 걸어나가는 발걸음에 슬픔이 묻어나 보였다.

그 모습을 바로 옆에서 목격했다.

"감사팀에서 알아서 할 겁니다. 용호 씨는 신경 쓰지 않아도 돼요."

용호는 신경 쓰지 않으려 해도 이현구가 끌려 나가던 모습이 떠올랐다. 떠도는 소문으로는 미래정보기술도 관계되어 있었다고 했다.

이현구의 이야기가 나오자 정단비는 칼같이 잘라 냈다. 그래도 한때, 팀원으로 있었던 사람이었음에도 마치 처음부터 없었던 것처럼 행동했다.

그 모습에 용호도 더 이상 물어볼 수 없었다.

"알겠습니다."

그 순간에도 신세기 몰의 매출 그래프는 상승하고 있었다.

미래정보기술이 구축한 PS시스템이 일, 이억의 매출을 발생시키고 있을 때, 정단비 팀의 PS시스템에서 발생한 매출은 십억, 이십억이었다.

*   *   *

김만호 이사의 비서가 급히 사무실로 들어섰다.

"이사님. 감사팀에서 사람들이 왔습니다."

"뭐?"

"저, 저도 모르겠습니다. 그냥 감사팀이라고……."

"그게 무슨 소리야! 알아듣게 말해야지!!"

김만호가 고함을 지르며 비서를 쳐다보았다. 이미 비서 뒤쪽에 깔끔하게 머리를 빗어 넘긴 대여섯의 사람들이 서 있었다.

그 모습을 보자 김만호가 눈을 질끈 감았다가 떴다. 대충 어떤 일이 벌어졌는지 그림이 그려졌지만, 이내 고개를 저으며 떨쳐내었다.

꿈에도 보고 싶지 않았던 그림이었다.

찾아온 사람들은 대뜸 서류 뭉치를 꺼내 들었다.

"지금까지 저희가 조사한 자료입니다. 신세기에서 보내온 자료들도 있습니다."

"……."

"상당한 돈을 유용하셨더군요. 협력사에서 온 익명의 제보도 꽤 있었고요. 그간 이사님 선에서 자르시느라 고생 많이 하셨겠습니다."

감사팀 사람의 말에 김만호는 아무 말도 하지 못했다. 그저 조용히 그들이 하는 말을 듣고 있을 뿐이었다.

"저희도 이번 일이 언론으로 새어 나가 크게 번지게 할 생각은 없습니다. 이사님이 지금껏 회사를 위해 하신 일들도 많은 것으로 알고 있고요."

"……."

"이번에 특별 인사 명령이 날 겁니다. 조용히 물러나세요."

감겨져 있는 김만호의 눈이 떠질 줄을 몰랐다. 꽉 쥐고 있는 주먹도 펴질 줄을 몰랐다.

"징계 수위는 '파면'이라 퇴직금도 줄어들 겁니다. 회장님께서 사내에 본보기로 보이라고 하셔서요."

김만호는 온몸에 잔뜩 들어가 있던 힘이 풀리는지 스르륵 늘어졌다. 팽팽하게 당겨져 있던 긴장감이 사라지고, 남아 있는 것은 탁자 위에 놓인 서류 한 장뿐이었다.

'김만호 이사 파면 건의.'

해임보다 심한 중징계의 일종이었다.

*   *   *

"이용호 씨?"

"네. 사장님."

"이번 PS시스템 구축에 큰 역할을 했다고 들었어요. 수고했습니다."

"아닙니다."

용호는 갑작스러운 사장의 호출에 당황스러움을 금할 수가 없었다.

정진훈.

차기 신세기 회장으로 점쳐지는 남자.

속에 어떤 생각을 감추고 있는지는 몰라도, 겉보기에는 호남형이었다.

"오늘 제가 용호 씨를 부른 건 그간의 노고를 치하하는 의미도 있지만, 제안을 하나 할까 해서요."

넓은 집무실에는 정진훈과 용호 단둘이 앉아 있었다. 어릴 때부터 발성 연습이라도 했는지 발음은 또렷했고, 목소리는 시원했다.

"제가 진행하고 있는 프로젝트가 있는데, 용호 씨가 팀원으로 들어왔으면 합니다. 그리고 이쪽으로 오게 되면 대리로 오게 될 겁니다. 공을 세웠으면 상을 받아야죠."

신세기 매직미러.

정단비가 PS시스템을 만들고 있을 때, 정진훈이 준비하고 있던 아이템이었다.

핵심은 고객이 직접 옷을 입어보는 불편을 줄이겠다는 것이다.

매직미러 앞에서 손가락 몇 번 움직이면 매장 내에 있는 모든 옷들을 거울을 통해 직접 착용한 것처럼 확인할 수 있다.

아직 개발이 완료된 제품은 아니었고, 부산에 오픈할 명품 아웃렛에서 최초 공개될 계획을 가지고 있었다.

정진훈은 신세기 매직미러 프로젝트를 자신의 산하에 두고 직접 관리했다.

외부의 누구도 모를 정도로 철저히 보안을 지키며 극비에 진행 중인 프로젝트였다.

그러나 정진훈의 말을 들은 용호는 당황스러울 뿐이었다. 이제야 PS시스템을 마무리 짓고 한숨 돌리려 하고 있었다.

그런데 사장의 직접 호출에 이어 팀을 옮기라는 제의를 듣고 있었다.

"저, 저를요?"

"네. 알아보니 이번 PS시스템 개발에서 아주 중요한 역할을 했다고 하더군요. 그래서 눈여겨보고 있었습니다."

갑작스러운 제안에 용호는 선뜻 대답하지 못했다.

처음 정진훈은 손석호도 함께 데려오려 했다.

그러나 손석호의 거침없는 행동들은 이미 사내에도 파다하게 퍼진 상황이라 분명 부딪칠 것이 뻔했기에 부르지 않은 것이다.

"당장 결정하기 어려우면 시간을 두고 말해줘도 됩니다. 제 얼굴은 몰라도 메일은 아시겠죠?"

물론 알고 있었다.

사내 메일 시스템에 들어가 이름만 치면 간단한 신상 정보는 모두 공개되어 있었다.

ceo@shinseki.com.

누구나 말을 걸고 싶어 하지만 또 한편으로는 무서워하는 메일 주소였다.

$$*\qquad*\qquad*$$

NetFlax Prize 시상식장으로 가는 비행기 안.

내내 굳어져 있는 용호의 표정에 손석호가 물었다.

"무슨 일 있어요?"

"그게……."

"왜요? 상금을 어디다 쓸지 고민해도 부족할 시간에 무슨 생각을 그리하는 겁니까?"

"사실 며칠 전에 정진훈 사장님께 다녀왔습니다."

용호는 천천히 그날 있었던 일에 대해 풀어놓았다.

그리고 손석호에게 조언을 구했다.

"수석님이라면 어떻게 하시겠어요?"

"흠… 나라면… 정단비 팀장에게는 말했어요?"

"아니요. 사실 정진훈 사장님이 정 팀장님께는 말하지 말라고……."

"하하, 이거 용호 씨가 사내 정치에 끼어들었네요. 입사한 지 얼마 되지도 않았는데 이렇게 중요 인물이 되다니… 부러운데요?"

손석호가 장난스럽게 말했다. 그러나 용호에게는 심각한 일이었다. 굳어 있는 표정은 풀릴 줄을 몰랐다.

"용호 씨는 어떻게 하고 싶은데요? 스스로에게 물어봤어요? 누구에게 붙으면 더 이익일까… 이런 거 말고, 마음이 시키는 방향 말입니다."

"저는 그냥 수석님과 일하는 게 즐거워요. 그리고 지금 팀에도 별다른 불만 없고요."

"그러면 그렇게 해요. 하고 싶은 대로 해도 돼요. 용호 씨는 스스로의 생각보다 더 대단한 사람입니다. 이번 수상식에 가보면 더욱 그러한 사실을 느낄 겁니다. 그러니까 지금 용호 씨가 하고 싶은 게 뭔지 그에 대한 답을 찾으세요. 남이 물어본 질문에 대한 답 말고요."

말을 마친 손석호가 안대를 끌어 올려 눈을 가렸다.

용호는 잠들지 못한 채, 비행기 창밖을 바라보았다.

푸른 하늘.

하얀색 구름.

그리고 내가 하고 싶은 일.

용호는 혹 떼려다 오히려 혹을 하나 더 붙인 듯한 기분이 들었다.

*　　　　*　　　　*

"진짜지?"

"그래. 몇 번이나 확인했다니까."

"진짜? 진짜지?"

"데이브!"

"드디어 만나게 되다니. 제시, 나 어때 보여?"

데이브는 밀짚모자를 쓰고 있었다. 루피의 광팬인 데이브가 제일 아끼는 패션 아이템이 밀짚모자였다.

정말 중요한 일이 있을 때 하지 말아야 할 패션을 데이브는 하고 있었다.

"멋있어."

어차피 말린다고 들을 놈이 아니란 사실을 충분히 알고 있었기에, 제시는 멋있다는 말로 둘러댔다.

"어썸 데이브! 오늘 패션 죽이는데?"

밀짚모자를 쓴 데이브 옆에 머리띠를 한 남자가 있었다.

깔끔하게 생긴 데이브와는 달리 선이 굵은 모습이 천생 남자였다.

굵직굵직한 근육들이 가슴과 팔뚝에 튀어나와 있었다.

"오우, 제임스. 너도 머리띠 멋있는데?"

"둘이 친구 아니랄까 봐 하나같이……."

데이브의 절친 제임스였다.

같은 학교에 같은 회사까지, 그리고 좋아하는 취향도 같았다.

"내가 밀짚모자를 쓰려 했지만, 데이브 네가 쓴다니 양보하겠어."

제임스가 착용하고 있는 머리띠는 일본 만화 나루토에 나오는, 나뭇잎 마을 닌자임을 증명하는 머리띠였다.

나루토처럼 강해지겠다는 일념으로 미친 듯이 운동한 결과, 제임스는 울퉁불퉁한 근육을 가지게 되었다.

그에 반해, 데이브는 루피가 되겠다며 요가에 열중했다. 그러나 팔은 길어지지 않았고, 유연해지는 것에 만족해야 했다.

둘 모두 일본 만화 마니아 중에서도 마니아였다.

"11%라니… 믿겨, 제임스? 엄청난 놈이 오고 있어. 도대체 어떤 방법을 사용했을까."

"흠… 그러게 말이야. 짐작도 가지 않는군."

"쉽게 보내주지 않을 거야."

둘의 모습에 제시는 연신 고개를 절레절레 저었다.

'쉽게 보내주지 않을 거야' 이런 말은 여자에게나 하는 것 아니었나.

하나에 빠지면 정신을 못 차리는 둘이 지금까지 놓지 않은 것이 하나 있다면 프로그래밍이었다.

프로그래밍을 하면서 느끼게 되는 지적 희열.

그것이 데이브와 제임스라는 성인 남자에게 가장 큰 쾌락이었다.

열 시간이 넘는 비행시간은 아무리 건강한 사람도 지치게 만든다. 용호와 손석호도 예외는 아니었다.

지치기는 했으나 용호의 굳어져 있던 표정은 풀려 있었다. 그 모습에 손석호가 물었다.

"어때요? 고민은 끝났어요?"

"네. 끝났습니다."

"어떻게요? 말해줄 수 있어요?"

"하하… 비밀입니다."

이제는 용호가 여유를 부렸다. 손석호가 용호에게 장난을 쳤던 상황에서 반대가 되어 있었다.

함께 한 시간에 고생들이 더해져 친밀감이 쌓인 것이다.

"비밀요?"

지금까지 예의를 차리던 용호가 처음으로 하는 농담이었다. 농담에 담긴 의미를 느꼈는지, 손석호가 더욱 용호에게 달려들었다.

"비밀? 비이미이일? 말하지 않으면 큰일 날 겁니다!"

자꾸 달라붙는 손석호를 피해 용호가 앞서 나갔다. 샌프란시스코의 따뜻한 태양이 둘을 비추고 있었다.

*　　　　*　　　　*

"How much does it take to go there by taxi?"

손석호의 영어는 거침이 없었다. 원어민 수준의 발음은 아니지만 대화에 어떠한 불편도 느낄 수가 없었다.

간단한 문장도 인터넷 번역기를 돌려야 하는 용호로서는 그런 손석호의 모습이 그저 부럽기만 할 뿐이었다.

"영어는 언제 이렇게 익히신 거예요?"

"오픈 소스 커미터가 되려면 이 정도는 해야 해요."

"아……."

"용호 씨도 영어 공부는 꾸준히 하는 게 좋을 겁니다. 프로그래밍 언어가 영어로 되어 있잖아요. 영어를 잘 이해하게 된다면 프로그램 언어들을 더욱 잘 사용하고 각 언어들이 만들어진 배경에 대해서도 더욱 쉽게 이해할 수 있을 거예요."

"맞는 말씀이라 할 말이 없네요."

"물론입니다."

영어에 능숙한 손석호 덕분에 공항에 내려 호텔 투숙까지 별문제 없이 지나갈 수 있었다.

그리고 NetFlax Prize 수상식 아침이 밝았다.

노란색.

파란색.

검은색.

각양각색의 머리색과 피부색을 가진 사람들이 한 장소에 모여 있었다.

그곳에서도 밀짚모자와 헤어밴드를 착용한 두 남성의 모습은 단연 눈에 띄었다.

"어디야, 어디."

"있어 봐. 대상 수상하면 단상으로 올라올 테니까."

승자 독식의 대회라 2위와 3위에게 상금은 없었다. 그러나 규모가 큰 대회이니만큼, 자신의 실력을 증명했다는 명예가 있었다.

때로는 명예가 돈보다 큰 가치를 갖기도 한다.

그러나 데이브가 참석한 이유는 또 달랐다.

"비밀을 알 때까지 절대 놓아주지 않겠어."

남들에게는 비록 우스꽝스러운 모습으로 보일지 모르지만 그 모습 뒤에 감춰진 지적 호기심만큼은 누구 못지않았다.

시상식장에 도착한 용호의 눈이 휘둥그레졌다.

고급스러운 내부 인테리어에 잘 차려진 음식들이 매혹적인 자태를 뽐내고 있었다. 그리고 그 안에서 영어로 담소를 즐기고 있는 사람들의 면면 역시 범상치 않아 보였다.

"정말… 딱 보기에도 수재들 같아 보이네요."

몇몇은 옆집 아저씨처럼 평범해 보였지만, 또 몇몇은 외양부터 괴짜 과학자의 냄새를 풍겼다.

특히나 눈을 사로잡은 것은 밀짚모자와 헤어밴드였다.

"저기 밀짚모자 쓴 사람도 있는데요."

"저래 보여도 0.1%의 사람들이에요. 친해져서 결코 손해 볼일 없을 겁니다. 이들과 대화를 할 수 있다는 것만으로도 엄청난 행운이라 생각해도 좋아요."

손석호도 흥분된 표정을 감추지 못했다. Grand Prize를 받는다는 현실이 점차 피부에 와 닿고 있었다.

더구나 시상식장에 참석한 사람들이 나누는 대화.

algorithm.

performence.

tunning.

비록 용호는 몇 개의 아는 단어들을 띄엄띄엄 들을 뿐이었지만 손석호의 귀에는 정확하게 들려왔다.

농담처럼 가볍게 이야기하는 듯 보였지만, 내용의 깊이는 범인이 이해할 수 있는 수준이 아니었다.

용호와 손석호가 배정된 자리에 앉고 얼마 지나지 않아 사회자가 앞으로 나섰다.

"This year's winner is the Shinseki maut!"

사회자의 발표가 끝나자 안내 요원들이 단상으로 손석호와 용호를 안내했다.

삼삼오오 모여 대화를 하거나 뷔페 음식을 먹던 사람들의 시선이 단상을 향했다.

"한국에서 오신 신세기 마웃 팀입니다. 11%라는 경이적인 기록으로 이번 대회에서 우승하셨습니다. 시상은 저희 사장님께서 직접 하시겠습니다."

한국과는 달리 쫙 빼입은 양복이 아니었다. 편한 캐주얼 차림의 사장이 앞으로 나섰다. 50대라는 실제 나이답지 않게 동안이었다. 손석호와 비슷한 나이대로 보일 정도였다.

사장이라는 사람의 말은 신선했다.

"축하합니다. 그리고 감사합니다. 우리 회사는 당신들과 같은 인재에게 늘 열려 있으니 혹시 생각이 있다면 언제든지 연락 주세요."

상을 주는 사람이 감사하다고 표현한다. 용호가 지금까지 경험한 시상식은 주는 사람이 아닌 받는 사람이 감사해야 했다.

그러나 이곳은 조금 달랐다.

주는 사람도 진심으로 감사하게 생각했다. 참가해 주고 기록을 낸 것에 대해 기뻐했다.

간단한 축사가 오가고 만찬이 시작되었다.

만찬의 주인공은 단연 손석호와 용호였다.

사람들이 몰려들어 제대로 음식을 즐길 수도 없었다. 음식이 입으로 들어가는지 코로 들어가는지도 모른 채 질문들에 대답하다 보니 어느새 만찬 시간도 끝나가고 있었다.

뿌듯함을 느낄 새도 없이 시간은 쏜살같이 흘렀다.

　용호의 눈에 어디서 많이 본 복장의 사람들이 들어왔다. 주변 사람들과 구별되는 복장이라 절로 눈이 갔다.

　복장도 복장이지만 하는 행동이 더욱 가관이었다.

　"수석님, 저기 어디서 많이 본 사람들 아닌가요?"

　밀짚모자를 쓴 데이브와 헤어밴드를 착용한 제임스, 그나마 정상적인 복장을 한 제시였다.

　용호가 그들을 가리키는 순간 데이브가 기둥 옆으로 슬쩍 삐져나왔던 고개를 감추는 중이었다.

　급히 행동해서인지 쓰고 있던 밀짚모자가 바닥으로 떨어졌다.

　"맞네, 시상식장에서 봤던 사람들인 것 같은데요?"

　"그런데… 저기서 뭐 하고 있는 걸까요?"

　바닥에 떨어져 있던 밀짚모자를 줍기 위해 허리를 숙이던 데이브를 제시가 보다 못했는지 손으로 밀쳐 버렸다.

　쿵.

　우스꽝스럽게 바닥에 넘어진 데이브를 제시가 한심한 듯 바라보았다.

　"자, 이제 걸렸지? 그냥 가서 용건을 말해."

　"제시!"

"너의 헛짓거리를 지금까지 따라와 준 것만 해도 감사하게 생각해라."

넘어져 있는 데이브를 보며 제임스가 회심의 미소를 지었다.

"네가 걸렸으니까 얼른 가서 말 걸어."

"……."

제임스의 말에 데이브가 세상을 다 잃은 표정을 지었다.

"제시가 가서 말 좀 걸어주면 안 될까?"

Nope!

제임스와 데이브는 내기를 하고 있었다.

둘 중 먼저 용호의 눈의 띄는 사람이 손석호와 용호에게 다가가 말을 걸기로 한 것이다. 컴퓨터와의 대화는 세상 누구 못지않게 잘했지만, 실제 사람과의 대화는 누구보다도 어렵게 생각하고 있었다.

마침 넘어져 밀짚모자를 줍던 데이브와 용호의 눈이 마주쳤다.

주워든 밀짚모자를 쓰고 엉거주춤거리며 데이브가 용호에게 다가왔다.

"하, 하이."

그 모습에 용호도 당황할 수밖에 없었다.

낯선 사람에 대한 경계심이 아닌 영어에 대한 공포감 때문이었다.

데이브를 보며 어쩔 줄 몰라 하는 용호를 대신해 손석호가 나섰다.

"일단 진정 좀 하세요."

연예인을 본 듯 망아지처럼 날뛰는 데이브에게 손석호가 몇 번이나 말했지만 쉽사리 통하지가 않았다.

어떻게 11%라는 경이적인 성능 향상을 이루어 냈는지에 대해 평소 궁금했던 점들을 따발총처럼 쏘아냈다. 용호의 귀에는 그저 소음 그 이상도 이하도 아니었다.

"어떤 알고리즘을 사용한 겁니까?"

"단일 알고리즘으로 성과를 내신 건 아니죠?"

"팀원은 이렇게 두 분이 다인 건가요?"

"평소 어떤 방법으로 연구를 하시나요?"

미처 대답을 하기 전에도 쏟아지는 질문에 손석호도 난처해하고 있었다.

퍼억!

그러던 데이브를 순식간에 잠재운 손길이 나타났다.

"정말 죄송합니다."

용호의 두 눈이 동그랗게 커졌다.

손석호도 갑작스러운 상황에 숨이 막히는지 제대로 말을

이어가지 못했다.

데이브의 머리통을 후려갈긴 사람은 제시였다.

얼굴로만 따지면 정단비도 제시 못지않았다.

그러나 절대 동양인이 갖출 수 없는 체형이 있었다.

서양 영화에서나 볼 법한 몸매였다.

손석호도 용호도 순간적으로 목울대가 꿀렁였다.

*   *   *

NetFlax Prize를 위한 추천 시스템의 최초 설계는 손석호였지만, 꽃을 피운 것은 용호였다.

데이브와 제임스가 궁금해하는 것에 대한 해답 또한 용호가 가지고 있었다.

어떻게 11%라는 경이적인 기록을 이룩했는지 그 과정을 듣고 싶은 것이다.

처음 몇 분간은 데이브의 질문에 설명하는 데 애를 먹었다. 중간에서 손석호가 통역을 해주었지만 용호도 데이브도 답답해했다.

그러나 금세 해결책을 찾을 수 있었다.

코드 하나면 충분했다.

용호가 한국에서 가져온 노트북을 구동시켜 그 안에 저장되어 있던 코드를 보여주었다.

모든 코드를 보여준 것은 아니고, 핵심이 되는 부분만을 보여주었다.

　어차피 대회 규정상 대회가 끝난 뒤에는 어떤 방식으로 결과를 도출했는지 공개해야 했다.

　그랬기에 스스럼없이 소스를 공개할 수 있었다.

　비록 밀짚모자에 헤어밴드를 착용하고 있는 괴상한 모습이었지만 코드를 보는 눈빛만은 진지했다.

　그들은 핵심 로직에 대한 설명이 끝나고서야 용호를 놓아주었다.

　따로 대화는 되지 않았기에 중간에서 손석호가 통역을 해 주었다.

　"저, 정말 대단해!"

　"그런가?"

　"이런 방식으로 11%를 이뤄냈을 줄이야. 너 혹시 천재니?"

　눈을 반짝이며 말하는 데이브를 보며 용호는 몸 둘 바를 몰라 했다. 이미 간단한 자기소개를 통해 서로 간에 대한 약간의 개인 정보를 얻었다.

　MIT.

　말로만 듣던 대학 출신이었다.

　한국에서도 삼류 대학 취급을 받는 학교를 나온 용호로서는 꿈에만 그리던 대학 출신들이었다.

그런 사람들이 자신에게 와 배움을 청하고 있었다.

"그, 그런 건 아니고."

"자, 받아. 받으면 오늘부터 친구 하는 거다."

데이브가 용호에게 밀짚모자를 내밀었다. 옆에 앉아 있던 제시는 그런 행동이 부끄러운 듯 데이브를 외면했다.

우연찮게 넷의 나이가 모두 같았다. 데이브, 제임스, 제시, 용호 모두 동갑이었다.

특히나 셋은 MIT 동문으로 같은 회사, 같은 부서에 근무하고 있다고 했다.

"그, 그래."

용호가 데이브의 밀짚모자를 받아 들었다.

밤새도록 있으려는 남자 둘을 제시가 힘으로 끌고 나갔다.

제시와 많은 이야기를 나누지는 않았지만 용호는 어떤 면에서 제시가 가장 대단해 보였다.

＊　　　　＊　　　　＊

달빛도 희미해진 새벽.

용호는 잠들지 않고 노트북 앞에 앉아 있었다. 수상식의 긴장감 때문인지 손석호는 잠든 지 오래였다.

용호가 켜놓은 노트북이 어두운 방을 밝히고 있었다.

'답 메일을 보내 달라고 했으니까.'

받는 이 : ceo@shinseki.com.

정진훈 사장의 제안에 대한 답장을 작성하고 있었다.

사장님께.
안녕하십니까, 사장님.
스마트 쇼핑 전략 기획팀 이용호입니다.
미국으로 떠나기 전 사장님께서 하신 말씀 너무나 감사하게 생각하고 있습니다.
본론부터 말씀드리자면, 사장님께서 제게 하신 제안은 제가 수락하고 말고의 문제가 아니라는 생각을 했습니다.
현재 제가 신세기 소속이라는 건 변하지 않는 사실입니다.
조직의 구성원으로서, 조직에서 저를 필요로 하는 곳이 있다면 어디든 가는 것이 맞겠지요.
단지 신세기라는 조직이 개인의 의견까지 묵살하는 곳은 아니라는 생각에 짧막하게나마 제 의견을 덧붙입니다.
제가 본 인터넷 게시판에 이런 글이 올라와 있었습니다.

10년 후의 행복을 보장할 수 있는 유일한 근거는
오늘의 행복이라고 믿기에,
현재는 중요한 시간이 아니라,

유일한 순간이라고 믿기에

지금 유일한 이 순간이 행복합니다.

미국에 올 수 있는 기회를 준 손 수석, 정단비 팀장과 함께
하는 이 순간들이 즐겁습니다.

그리고 앞으로도 이분들과 함께한다면 즐거울 것 같습니
다.

제 의견은 여기까지입니다.

참고해 주시면 감사하겠습니다.

장문의 메일을 작성한 용호가 전송 버튼을 눌렀다.

가슴을 답답하게 막고 있던 체증이 내려간 표정으로 노트
북을 닫고 침대 속으로 들어갔다.

잠을 자고 있는 용호의 표정에서 편안함이 느껴졌다.

*   *   *

타닥. 타닥. 타닥.

희고 긴 손가락이 고급스러운 원목 책상을 두드리고 있었
다.

모니터를 보고 있던 정진훈의 인상이 찌푸려졌다.

내용이 마음에 들지 않는지 책상을 두드리는 속도가 빨라

졌다.

똑똑.

책상 못지않은 럭셔리함을 자랑하는 문을 누군가가 두드리는 소리가 들려왔다.

"사장님, 정단비 팀장입니다."

비서의 말이 채 끝나기도 전에 정단비가 안으로 들어왔다.

"왜, 무슨 일이신가? 바쁜 정단비 팀장님이."

"우리 팀원에게 무슨 수작이십니까?"

"수작? 사장이 사원과 면담도 못 하나?"

"면담이라… 언제는 수준에 맞지 않다면서요?"

"무슨 말인지 모르겠는데."

정진훈의 뻔뻔함에 정단비가 치를 떨었다. 도무지 말이 통하지 않았다.

숨이 막혔다.

정확히는 파악하지 못했지만 정진훈이 무언가를 준비하고 있다는 사실은 알고 있었다.

그곳에 용호를 넣으려 한다는 것도.

"신세기에 관심 없습니다. 조금만 기다려 주면 곧 나갈 겁니다. 그때까지만 건들지 말아주세요."

태세 전환.

날 서 있던 말투가 가라앉았다. 정진훈은 조금만 기다려 달라고 하는 정단비를 물끄러미 바라보았다.

"내가 형을 제치고 어떻게 사장 자리에 올랐는지 너도 알고 있을 거라 생각했는데 말이야."

정진훈이 차남.

정단비가 막내.

장남이 있었다. 그러나 정진훈이 장남을 제치고 후계 구도 1순위가 된 것이다.

정단비와는 나이 차가 있었기에 자세한 사정까지 알지 못하는 눈치였다. 그런 정단비를 보며 정진훈이 말을 이었다.

"나도 너와 같았지… 사장 자리? 후계자? 크게 관심이 없었어. 그런데 상황이 그렇더라. 꼭 내가 원하지 않아도 어느 순간 그렇게 되어버리는 거지. 그러니 네가 말하는 조금의 시간도 나는 기다려 줄 수 없어. 시간이 지나면 상황이 변할 테고, 미래는 아무리 준비한다 해도 불확실한 거니까."

"……."

"형은 특히 너를 좋아했었지."

정진훈의 입에서 형이라는 말이 나오자 정단비의 눈에서 불꽃이 튀었다.

금방이라도 정진훈에게 달려들 듯 잔뜩 몸에 힘을 주었다. 그런 정단비에게서 정진훈이 몸을 돌렸다.

"나가봐."

타닥. 타닥. 타닥.

정단비가 밖으로 나갈 때까지 정진훈은 손가락 운동을 멈추지 않았다.

*   *   *

"정말 한국으로 가는 거야? 그냥 여기서 같이 일하면 안 될까?"

"부, 부모님도 한국에 계시고, 일자리도 한국에 있는데… 가야지."

"네 말을 들어 보니 한국에서 일하는 게 엄청 힘든 것 같던데, 대우도 그게 뭐야. 너의 능력에 비해서 너무 박하잖아."

마치 투정 부리는 아이와 같은 말투였다. 데이브는 장난감을 빼앗기기 싫은 아이처럼 행동했다.

체류 기간이 끝나고 한국으로 돌아가려는 용호에게 미국에 남아달라며 떼를 썼다.

"나중에 기회가 되면 다시 올게. 아니면 한국으로 한번 놀러 와."

용호도 아쉬운지 쉽게 발걸음을 떼지 못했다. 데이브는 아예 숙소를 용호가 묵고 있는 옆방으로 옮겼다.

그러고는 매일 같이 찾아와 이야기를 나누었다.

더듬거리는 용호의 영어 실력으로는 몇 가지 단어를 조합하여 말하는 것이 전부였다.

나머지는 보디랭귀지.

언어의 힘보다 큰 손짓 발짓으로 대화했다.

백 번을 만나도 비호감이 있는 사람이 있는 반면, 단 한 번을 만나도 정이 가는 사람이 있었다.

데이브가 그랬다.

"정말이지? 한국 간다?"

"그래, 한번 놀러와. 관광시켜 줄게."

처음 만났을 때 긴장했던 모습과 말투는 어느새 사라져 있었다. 그동안 적잖은 친밀감을 쌓았는지 말과 행동에 어색함이 없었다.

용호가 밀짚모자를 눌러썼다.

"고마워. 잘 쓸게."

따가운 자외선을 모자가 막아주었다. 용호가 손을 흔들자 데이브가 뛰쳐나올 것처럼 들썩거렸다.

양옆에서 제임스와 제시가 양팔을 꽉 붙잡고 있었기에 별다른 일 없이 무사히 작별 인사를 마칠 수 있었다.

*　　　　*　　　　*

한국으로 돌아와 용호가 제일 먼저 찾은 곳은 은행이었다.

십억.

Grand Prize의 상금으로 받은 이십 억 중 손석호의 배려로 십억을 가지게 되었다.

통장에 찍힌 숫자를 보면서도 제대로 실감이 가지 않았다.

'세상이 거지 같지만은 않구나.'

어떻게든 자신을 이용해 먹으려는 사람들만 있을 것 같지만, 그 속에는 상식적인 선을 지키며 살아가는 사람들도 많았다.

손석호가 없었다면 NetFlax Prize라는 것이 있다는 사실도 몰랐을 것이다. 그랬다면 상금도 타지 못했을 것이고, 이렇게 은행 앞에서 멍하니 서 있지도 못했을 것이다.

'고맙습니다. 수석님.'

손석호가 상금의 대부분을 가져갈 수도 있었다.

이미 기존에 대회 준비의 대부분을 손석호가 마쳐놓았다. 용호는 숟가락을 얹었을 뿐이었다.

물론 상금을 타는 데 결정적인 역할을 했지만 정말 십억을 받을 줄은 몰랐다.

시간이 지날수록 밀려오는 현실감에 심장이 두근거렸다.

이 돈이면 더 이상 집 걱정 따위는 필요 없었다.

그리고 든든했다.

통장에 많은 돈이 있다는 게 이렇게 든든하고 여유를 줄지는 몰랐다.

'일단 빚이랑 집부터.'

용호는 가족이 살 집을 알아보기로 했다. 부모님이 지고 계신 채무와 서울에 집을 사고 나면 절반 이상의 돈이 소모될 것이다.

든든했지만 십억이라도 평생 돈 걱정 없이 살 수 있을 정도의 액수는 아니었다.

수상식 참가 겸 관광으로 4일을 미국에서 보내고 나머지 휴가는 집에서 쉬기로 했다.

용호는 정말 오랜만에 거실에 누워 TV를 보고 있었다. 순간 현관문이 열리며 양복을 입은 아버지가 들어오셨다. 결혼식을 다녀오신 듯 보였다.

"집에 있었구나?"

"아, 아버지 결혼식 다녀오세요?"

아버지가 집으로 들어오자 용호가 순간적으로 자리에서 일어났다. 그러고는 어색하게 머리를 긁적였다.

"그래. 결혼식 다녀왔지."

"아, 네. 쉬세요."

용호가 주춤거리며 방으로 발걸음을 옮겼다.

딱히 할 말이 없었다.

15평의 좁은 공간이었기에 몇 번 발을 움직이지도 않았는데 용호는 방문 앞에 섰다.

그리고 방으로 들어가기 위해 문고리를 돌렸다.

그 짧은 순간, 아버지가 용호를 불렀다.

"용호야."

"네, 네?"

"고맙다. 오늘 결혼식 가서 내 새끼 신세기 다닌다고 하니까 다들 부럽다고 하더구나."

"그, 그러셨어요?"

"자기 딸 소개해 주겠다는 사람도 많고, 용호 덕분에 면이 섰다."

"아, 아니에요. 그럼 쉬세요."

"그래."

문을 열고 방 안으로 들어섰다. 그 어느 때보다도 심장이 빠르게 뛰고 있었다.

선민대학교를 입학하는 순간, 용호는 집안에서 죄인 취급을 받았다. 없는 살림에 입학한 삼류 대학은 가족 중 누구도 만족시키지 못했다.

그랬기에 용호는 열심히 공부했다.

노력과 운이 따라 꽤 많은 돈을 벌었고 신세기라는 회사에 입사했다.

'앞으로 더 기쁘게 해드리겠습니다.'

아버지의 고맙다는 말에 마음속에 자리 잡은 자그마한 스스로의 모습이 한층 커졌다.

*　　　　*　　　　*

미국을 다녀온 뒤로 용호에게 생긴 것이 한 가지 있었다.

여유.

그전까지는 없었던 여유가 생겼다.

새벽까지 공부를 할 때도, 일을 할 때도 조급했었다. 다른 사람들이 보기에 무언가에 쫓기는 듯한 느낌을 받게 했다.

그런 분위기가 싹 사라졌다.

어릴 때부터 많은 사람을 만나본 정단비가 그런 변화를 가장 먼저 알아차렸다.

"미국 물이 다르긴 한가 보네요."

"네?"

"콕 집어 말하기는 뭐하지만, 뭔가 좀 달라진 것 같아요."

정단비가 빤히 용호를 쳐다보았다.

얼굴이 크게 달라진 것은 없었다.

일주일간 푹 쉬어서인지 칙칙했던 혈색이 돌아왔고 푸석했던 피부가 나이대에 맞는 톤으로 바뀌었을 뿐이다.

"그런가요?"

"네. 확실히."

용호는 그런 것에는 전혀 신경 쓰지 않은 채 정단비를 마주 보고 있었다.

어쩌면 당연한 변화였다.

미국.

노는 물이 다른 나라였다.

그곳에서 인정받고 왔다. 전 세계적으로 유명한 기업의 오너를 만났고 소위 천재라 불리는 수재와 친구가 되었다.

용호를 둘러싸고 있는 환경의 질이 달라졌다.

더욱이 통장에 생긴 잔고 십억.

180도 달라지지는 않겠지만 미묘하게 변하고 있었다.

용호에게 고정된 시선이 떨어질 줄을 모르자 허지훈이 정단비를 불렀다.

"팀장님."

앞으로의 일도 논의할 겸 미국을 다녀온 손석호와 용호, 그리고 허지훈까지 간단히 다과 시간을 가지는 중이었다.

"다름이 아니라 드릴 말씀이 있어서 이렇게 불렀습니다."

몇 번 눈을 깜박이던 정단비가 말을 이었다.

"모두들 아실 겁니다. 기업의 특성상, 규모가 커질수록 개인의 힘에 의존하는 것을 극도로 경계합니다. PS시스템 역시 앞으로의 운영이 몇몇 개인의 능력에 좌지우지되지 않도록, 누가 와도 바로 PS시스템을 운영할 수 있도록 만들어놔야 합니다."

일순간 회의실에 침묵이 자리했다.

정단비의 말은 두 가지 의미를 담고 있었다.

인수인계를 위한 문서 작업이 필요하다.

시스템 구축에 참여한 손석호와 용호가 없어도 시스템은 정상적으로 작동돼야 한다.

즉, 너희 둘이 없어도 시스템이 돌아가도록 만들어라.

그런 낌새를 느꼈는지 정단비가 서둘러 말했다.

"아, 물론 팀에 어떤 변화가 생기거나 하는 건 아닙니다. 두 분은 앞으로 더욱 PS시스템이 발전할 수 있도록 연구, 개발하시면 됩니다."

똑똑.

한창 이야기를 나누고 있는 사무실로 직원 한 명이 들어왔다.

"티, 팀장님. 사내 그룹웨어로 인사 명령이 올라왔는데 한번 보셔야 할 것 같습니다."

직원의 표정에서부터 불길함이 느껴졌다.

회의실에 있는 모든 사람이 그런 불길함을 읽었다.

"내용이 뭡니까?"

"용호 씨를 이번 부산 프리미엄 아웃렛 매장으로 파견한다는 내용입니다."

탁.

가장 먼저 손석호가 책상에 손을 집으며 자리에서 일어났다.

"그게 무슨 말입니까? 부산 아웃렛으로 파견한다니요. 거기는 다른 팀에서 담당하고 있지 않습니까."

"해당 팀에서 차세대를 준비 중이라 인력이 부족하고 통상 매장 오픈에는 다른 팀에서 인력 지원을 나가는 게 관례이긴 한데."

회의실 문을 열고 들어온 직원도 설마 그게 용호일 줄은 몰랐다는 표정이었다.

직원의 말대로 매장 오픈이라는 것이 간단한 일이 아니었기에 통상적으로 조율을 통해 다른 팀에서 인력을 파견하게 되어 있었다.

그러나 문제는 그것이 용호라는 사실이다.

인력을 파견하는 것도 팀장이 가지고 있는 파워에 따라 달라진다.

파워가 있다면 조율이라는 명목하에 인력을 파견하지 않는 경우도 종종 있었다.

정단비는 직계 라인. 정단비 팀장의 팀을 간 크게 건드릴 사람은 회사에 단 한 사람밖에 존재하지 않았다.

'정진훈.'

입 밖으로 내지는 않았지만 사무실에 앉아 있는 사람들 모두 공통적으로 한 사람을 떠올리고 있었다.

정단비가 들어온 직원을 쳐다보며 물었다.

"그래서 언제까지입니까?"

"그, 그게 내일 바로 내려가라고."

도대체 무슨 얘기인지 용호만이 어리둥절하게 앉아 있을 뿐이었다.

무슨 말인지는 대충 알아들었다.

내용은 간단했다. 내일 부산으로 파견을 가야 한다.

단지 '왜'.

'왜' 이런 상황이 벌어진 것일까.

갑자기 내가 '왜' 가야 하는 것일까.

원인과 결과가 무엇인지 알고는 있었지만 이해가 되지 않을 뿐이었다. 그러나 따라야 했다.

앞으로가 아닌 바로 지금 이 순간 용호는 아버지가 자랑스러워하는 아들이고 싶었다.

Chapter 8
개발전문직

서울 명동 한복판.

우뚝 솟아 있는 빌딩 한 곳에 신세기 그룹 회장의 집무실이 있었다. 통유리로 되어 있는 그곳에서 내려다보는 도심의 전경은 이루 말할 수 없이 아름다웠다.

통유리 앞에 한 남자가 서 있었다.

딱 벌어진 어깨, 넓은 등, 희끗한 구레나룻는 오히려 진중함을 더하고 있었다. 환갑이 다 되어가는 나이에도 30대의 건장함이 느껴졌다.

신세기 그룹 회장 정진용이었다.

"한창 바쁠 우리 정단비 팀장이 여기까지는 웬일입니까."

"저희 팀원은 건들지 말아주십시오."

"…저 밑에 사람들 보입니까?"

정진용은 여전히 도심의 전경에 시선을 둔 채 말했다.

"……."

"참 바쁘게들 움직이고 있습니다. 제가 뭐라고 했죠?"

"숫자로 보아라."

"우리나라 재계 1위 회장님이 이런 말을 했습니다. 한 명의 인재가 만 명의 사람을 먹여 살린다. 한 명이 생활하는 데 한 달에 대략 백만 원이 필요하다고 쳐볼까요. 만 명이 생활하려면 얼마가 필요할까요?"

"백억입니다."

정단비는 가만히 의자에 앉아 정진용의 질문에 답했다. 집무실에 배치되어 있는 가구에서는 고급스러운 느낌보다는 묵직함이 느껴졌다. 정진용 회장의 성품을 엿볼 수 있는 부분이었다.

"백억이 필요합니다. 스마트 쇼핑 전략 기획팀의 팀원이 10명이고, 개개인이 만 명의 인원을 책임질 수 있는 인재라는 걸 증명하기 위해서는 팀에서 발생하는 매출이 천억이 되어야 하는군요. 현재 매출이 얼마죠?"

"배, 백억가량 됩니다."

정단비의 자신 없는 말에 정진용이 고개를 돌렸다. 그러고는 손가락을 저으며 말했다.

"아니, 총 매출 말고, 한 달 매출을 말하는 겁니다."

"사, 사십억입니다……."

"아직 구백육십억이 부족하네요."

정진용의 말에 정단비는 할 말을 잃었다. 정진용과 정단비 사이에는 약속이 한 가지 있었다.

10명의 인원으로 딱 한 달이라도 천억의 매출을 찍어봐라.

그러면 네가 무엇을 하던지 상관하지 않겠다.

그러나 그전까지는 네가 무엇을 하던 신세기의 눈을 벗어나지 못할 것이다. 벗어나지 못한다는 말에는 결혼도 포함되어 있었다.

시험.

정진용이 재벌가의 자제로 태어난 정단비에게 내리는 시험이었다. 어렵고 불가능해 보일 수 있었다. 그러나 남들이 불가능하다고 생각하는 걸 해낼 수 있는 것 또한 능력이고, 능력을 입증하면 자유를 주겠다는 말이었다.

정단비가 입술을 깨문 채 조용히 앉아 있었다. 앉아 있는 정단비의 뒤에서 정진용이 나지막하지만 무겁게 말했다.

"결과를 가지고 오세요. 다른 이야기는 필요 없습니다."

그 말을 끝으로 정진용이 다시 고개를 돌려 바깥을 바라보았다. 해가 지면서 형형색색의 야경이 드러나고 있었다.

입술을 꽉 깨문 채 정단비가 자리에서 일어났다.

분하지만, 정진용 회장은 결코 불가능한 결과를 원하는 건 아니었다. 실제로 소수의 인원들로 막대한 이익을 창출한 사례들은 차고 넘친다. 결국 '불가능해 보이지만, 가능한 일'이다.

*　　　　*　　　　*

"출장을 가게 된 기분이 어떤가요?"

"아, 그냥 얼떨떨합니다. 대기업에 다닌다는 걸 이제야 실감했달까……?"

"어차피 오픈만 끝나면 다시 이쪽으로 오게 될 테니까 다른 걱정은 하지 마세요. 용호 씨 같은 우수한 인재를 놓칠 생각은 없으니까."

"하하, 걱정하는 건 없습니다."

갑작스레 부산에 가는 것에 대한 불합리함을 느끼고 있었지만, 정단비의 인정에 기분이 좋아졌다. 그리고 한편으로는 다른 생각도 있었다.

처음으로 가는 출장에 대한 환상.

TV 드라마에서나 보던 출장이었다.

어렴풋이 TV에서 보았던 멋진 회사원들의 모습에 자신을 투영 시킨 것이다. '출장이란 능력 있는 사람들이나 가는 것이다'라는 생각이 있었던 것이다.

그에 반해 정단비의 얼굴에서는 걱정스러움이 가시지를 않았다.

"용호 씨 덕분에 가능성이 보이고 있어요. 휴가 간다고 생각하시고 부산에서 쉬다 오세요."

용호를 보고 있는 정단비의 눈에 확신이 자리 잡고 있었다. 정진용의 시험을 풀기 위해 최고의 대학을 나온 인재들 10명으로 채울 수도 있었다.

그러나 10명으로 1000억을 버는 것은 이미 알고 있던 방식으로는 불가능하다 생각했다.

기존의 판을 깨야 했다.

그래서 뽑은 것이 손석호였다.

용호는 일종의 조커였다. 능력이 괜찮은 건 스택 오버 플라이를 통해 이미 알고 있었지만, 도박하는 심정으로 아직 실무를 제대로 겪어보지 못한 용호를 뽑은 것이다.

신입의 열정과 트인 생각을 기대하고 뽑았다. 그런 기대가 있었기에 이미 시스템화되어 있는 채용 절차대로 진행하지 않고 스택 오버 플라이나 겟 허브 같은 사이트들을 돌아다니며 인재를 찾아보았던 것이다. 그리고 선택은 옳았다. 용호는 손석호와 팀을 이루어 전대미문의 결과를 도출하며 그 능력을 입증했다.

"말씀만으로도 감사합니다. 제가 죽으러 가는 것도 아니고, 겨우 부산 출장 가는 것에 이렇게까지 걱정해 주지 않으셔도 되는데……"

"그렇게 생각해 주면 저야 고맙고요."

용호도 회사 내에서 듣는 귀가 있었다. 정진훈과 정단비의 사이가 그리 좋지 않음은 어렴풋이 느끼고 있었다.

정진훈과 정단비의 알력 싸움에 끼었다.

하필이면 시기가 묘했다.

정진훈의 제안을 완곡하게 거절한 후에 갑작스레 결정된 파견이었다. 정단비가 하고 있는 걱정에 대한 정체를 미미하게나마 느끼고 있었다.

그러나 용호에게 중요한 것은 사내 정치가 아니었다.

'내가 발전할 수 있느냐.'

용호는 스스로의 능력을 연마하기 위해선 어떤 일도 감수할 마음을 먹었다. 그러기 위해선 최대한 다양한 업무를 해봐야 했다. 만능의 능력이라는 것은 없지만, 만능에 가까운 프로그래머가 되는 것, 그것이 용호의 목표였다.

매장 오픈은 새로운 경험이다. 그곳에서 색다른 경험을 하면 또 어떤 향상을 이룰 수 있을 것이다.

그렇기에 그렇게 큰 거부감도, 걱정도 들지 않았다.

그저 지금 있는 자리에서 내가 할 수 있는 최선을 다해야 했다. 당연하지만, 당연하지 않은 말. 용호는 마음을 굳게 먹었다.

*　　　　*　　　　*

미국으로 갈 때도 기뻐하셨지만, 부산 출장을 가야 한다는 말에도 어머니는 기뻐하셨다.

"네가 드디어 회사에서 인정을 받아 출장도 가는구나. 역시 대기업이 다르긴 다르다."

고등학교 졸업이라는 학력으로, 평생을 허드렛일로 생활을 유지해 오셨다. 소위 이름 있는 회사는 근처에도 가보지 못했고 뿐만 아니라 중소기업에도 가보지 못하셨다.

그저 청소, 서빙 같은 일을 하며 평생을 살아오신 분이었다.

출장.

용호도 약간의 두근거림이 있었다.

이미 미국을 다녀온 경험이 있었지만, 일을 하기 위해 출장을 가는 건 처음이었다.

KTX를 타고 세 시간 반.

그리고 택시를 타고 다시 한 시간 반을 달려 용호는 부산 기장군에 도착했다.

'여긴가 보네'

막바지 공사가 한창이었다.

연분홍 빛깔의 건물들이 자리 잡고 있었고, 용호가 처음 보는 브랜드들이 저마다의 간판을 달고 위용을 뽐내고 있었다.

'일단 전화를 해볼까.'

부산을 가는 용호에게 회사에서 알려준 거라곤 달랑 전화 번호 하나였다.

이 사람에게 전화해라.

그게 끝이었다.

용호가 전화를 한 사람은 서주신이라는 신세기 I&C의 대리 였다. 입사하자마자 정단비 팀으로 배정받아 왔기에 회사에서 용호가 아는 사람은 극히 미미했다.

서주신의 첫인상은 평범했다.

단지 너무 바빠 보였다. 짐도 풀지 못한 채 용호는 바로 업무에 투입되었다. 그 업무라는 것이 황당하기 그지없었다.

"그러니까⋯ 일단 POS기를 테스트하라는 말씀이시죠?"

"네. 보시는 것들이 며칠 뒤면 각 매장에 배치될 POS인데 마지막으로 한 번 더 점검이 필요해서요."

같은 신세기 직원인 서 대리의 말에 용호가 눈앞에 설치되어 있는 POS를 바라보았다.

족히 백 대는 넘어 보였다. 이걸 일일이 테스트를 해보라는 말이었다.

"이걸 혼자서 다 하라고요?"

"테스트를 해보시고 문제가 발생하는 게 있으면 정리하신 다음에 저에게 넘겨주시면 됩니다."

서 대리라는 사람이 담담히 말을 이어갔다. 용호에게 말을 하는 와중에게도 전화기는 계속 울렸다.

뿐만 아니라 몇 명의 사람이 찾아와 이것저것을 물어댔다.

"저는 프로그램 개발 관련해서 일을 하려고 온 건데."

용호가 이상하다는 듯 고개를 갸웃거리며 말하자 서주신이 안색을 굳혔다.

"바쁘니까 일단 시키는 것부터 하고 계세요."

그러고는 또다시 울리는 핸드폰을 받으며 자리를 떠났다.

물건을 살 때는 알지 못했다.

현금이나 카드를 주면 알아서 결제를 해주었기에 크게 신경 쓸 것이 없었다.

그걸 POS에서 직접 해보려고 하니 정상적인 패턴만 30여 가지가 넘었다.

현금 결제.

카드 결제.

포인트 결제.

상품권 결제.

현금과 카드 복합 결제 등등 수십 가지 경우의 수가 존재했다.

'휴우……'

그나마 서 대리라는 사람이 표로 작성된 테스트 시나리오를 하나 남겨두고 갔다.

해당 시나리오대로 테스트를 해보고 문제가 있는 POS의 번호와 현상을 정리해 두라고 준 문서였다.

'말이 출장이지 노가다나 다름없구나.'

출장을 가려고 하는 자신을 보내지 않기 위해 손석호는 직접 인사팀장을 찾아가겠다며 사무실에서 난동을 부렸다.

정단비의 끊임없는 설득으로 겨우 진정시켰다.

그때는 잠시 출장을 가는 일에 왜 그렇게 과민 반응 하는지 몰랐다. 매장 오픈이라는 것이 어떤 일인지 몰랐다.

왜 그렇게 반대했는지 이제야 알았다.

'팔이 다 아프네.'

절반 이상을 진행했을까. 얼마나 카드를 긁어댔는지 팔이 욱신거렸다.

카드를 긁고 현금을 입력하고 바코드로 상품권을 찍었다. 정형화된 테스트 시나리오 몇 개를 진행하고, 비정형화된 방법으로 한두 가지를 진행한 후 다음 기기로 넘어갔다.

왜 스스로가 이걸 하고 있는지 고민할 시간도 아까울 정도로 시간이 부족했다.

'흠……'

결제를 할 때 몇 가지 자잘한 버그들이 눈에 띄었다. 자잘한 것들이었기에 테스트 시나리오에 간단하게 적어두었다.

비록 아무도 지켜보는 사람은 없었지만, 용호는 성실하게 업무를 수행했다.

'내가 이런 일을 할 사람이 아닌데'라는 마음이 조금 자리 잡고 있었지만, 일을 끝내야 한다는 생각이 아직 더 많은 부분을 차지하고 있었다.

정형화된 테스트를 끝내고 용호는 비정형적인 방법, 이른바 몽키 테스트를 한번 시도해 보았다.

'기프트 카드로 만 원, 현금으로 오천 원, 카드로 만 원. 그런데 고객이 현금을 다시 달라고 카드로 만 오천 원을 결제하겠다고 한 경우.'

기프트 카드를 긁고 임의로 현금 오천 원을 결제한 후 다시 카드를 긁고 다시 현금을 취소하기 위한 프로세스를 진행했다.

누가 보지 않아도 스스로가 할 수 있는 최선을 다했다. 굳이 몽키 테스트까지 진행하지 않아도 책임을 물을 사람도 없었다.

'응?'

순간 POS 프로그램이 먹통이 되었다. 아무리 화면을 눌러도 반응하지 않았고 키보드를 눌러보아도 멈춘 상태에서 벗어나질 못했다.

용호만이 볼 수 있는 버그 창 한쪽에 에러 메시지가 올라와 있었다.

'일단 적어두자.'

누군가 전해준 도시락으로 저녁을 먹고 컴컴한 밤이 되어서야 테스트의 끝을 볼 수 있었다.

*   *   *

밤 10시가 넘은 시간.

몇 번의 시도 끝에 겨우 통화를 할 수 있었다. 서주신은 아직 업무가 끝나지 않아 본관 2층으로 용호를 불렀다.

'어디든 개발자가 있는 곳은 다 똑같은 건가.'

책상 위에는 A4용지와 먹다 남은 햄버거가 깔려 있었다. 바닥에 놓여 있는 쓰레기통은 용량이 초과되어 주변에 휴지들이 떨어져 있었다.

"몇 가지만 마무리하면 되니까 조금만 기다려 줘요."

용호에게 말을 하는 순간에도 서주신의 핸드폰이 울리고 있었다. 뿐만 아니라 사무실에 설치된 전화기도 울렸다.

서주신이 한 손으로 핸드폰 가리고 용호를 바라보았다.

"저기 용호 씨, 전화 좀 받아줄래요?"

"아, 알겠습니다."

11시가 넘어서야 전화기가 잠잠해졌다.

방은 2인 1실을 사용해야 했기에 서주신과 같은 방에 자리 잡았다.

"아직 협력사분들이랑 인사도 못 했죠?"

짐을 풀고 나자 서주신이 용호를 데리고 바깥으로 나왔다. 모텔을 벗어나 근처 횟집으로 가자 이미 몇 사람들이 자리를 잡고 앉아 있었다.

용호보다 어린 사람은 없었다. 최소한 손석호와 동갑이거나 많아 보였다. 서주신은 그런 사람들을 대하는 데 전혀 거리낌이 없었다.

"과장님, 정말 수고하셨어요. 내일도 잘 부탁드립니다."

"서 대리님이 고생 많이 했지. 여기 제 잔도 한잔 받으세요."

이미 몇 번 함께 일을 한 적이 있는지, 전혀 어색한 분위기가 아니었다.

몇 순배 술이 오고 가자 다들 얼굴이 벌겋게 달아올랐다. 용호도 몇 시간 동안 기차를 타고 택시를 타고 오느라 여독이 쌓여 있었다. 피곤이 풀리지 않았는지 몇 잔 먹지도 않았는데 알딸딸하게 취해 버렸다.

다들 취한 분위기를 확인한 협력자 직원이 먼저 말을 꺼냈다.

"대리님 이 자리는 슬슬 마무리할까요?"

"그러시죠."

열두 시가 넘어가자 협력사 과장이라는 사람이 자리에서 일어났다. 그러고는 서주신을 데리고 밖으로 나갔다.

용호도 알딸딸한 정신을 겨우 챙기며 따라갔다.

이미 결제가 되어 있는지, 바깥으로 나가는 그들을 가게 주인은 막지 않았다.

"제가 알아봐 둔 데가 있으니까 가시죠."

"첫날이니까 가볍게 끝내려고 했는데……."

말끝을 흐리는 서주신도 그리 싫은 눈치가 아니었다. 알딸딸하게 취해 눈을 감고 있던 용호도 둘이 나누고 있는 대화 내용이 어떤 것인지 대충 짐작이 갔다.

용호가 시간을 확인하기 위해 손목에 차고 있던 시계를 확인했다.

그러고는 시간이 맞지 않는지 옆에 있는 버튼을 누르며 시계를 조작했다. 시계를 만지고 있는 용호에게 서주신이 다가왔다.

"용호 씨도 같이 가지."

서주신이 용호의 팔을 잡고 차로 이끌며 말했다. 어느새 도로에 차 한 대가 대기해 있었다.

"아, 저는 오늘 너무 피곤해서 먼저 들어가야 할 것 같습니다."

도착한 첫날이었기에 피곤하다는 핑계를 대며 숙소로 돌아가려는 용호의 팔을 누군가 잡았다.

협력사 사람 중 한 명이었다.

"이 주임님도 같이 가시죠. 앞으로 같이 일하는 데 서먹서먹해서야 되겠습니까."

남자는 한두 번 해본 영업이 아닌지 용호의 팔을 강하게 끌지도, 그렇다고 쉽게 놓아주지도 않았다.

　용호는 애매하게 이야기했다가는 그대로 끌려갈 것 같았다.

　"정말 피곤해서요. 죄송합니다. 내일 제대로 정신이 들면 정식으로 다시 인사드리겠습니다."

　용호가 계속 거부하자 팔을 잡고 있던 협력사 직원도 더 이상 권유했다가는 분위기를 망치겠다고 생각했는지 재빨리 팔에서 손을 뺐다.

　"아, 너무 아쉽네요. 주임님과 좋은 시간 가지면 좋을 텐데."

　"죄송합니다. 오늘은 너무 피곤하네요."

　"그래. 이 주임도 같이 가면 좋을 텐데 피곤하면 할 수 없지."

　끝내 용호는 피곤하다며 서주신의 권유를 거부했다. 협력사 직원도 어쩔 수 없다고 생각했는지 콜택시를 불러주고는 자리를 떴다.

　숙소로 돌아가며 용호는 생각했다.

　'나도 갑이 되어 보는구나.'

＊　　　　＊　　　　＊

　출근을 하기 위해 외투를 입던 용호는 순간 손에 잡히는 봉투에 놀랄 수밖에 없었다.

'헐.'

봉투를 손으로 잡는 순간, 안에 들어 있는 내용물이 느껴졌다. 바로 꺼내 들어 보니 노란색 지폐가 열 장가량 들어 있었다.

'어제 넣은 건가……'

짐작 가는 거라고는 어젯밤 협력사 직원이 자신의 팔을 잡았을 때뿐이었다.

'하아… 시바.'

절로 욕이 나왔다. 이런 복잡한 상황은 딱 질색이었다. 용호가 인상을 구기며 봉투를 꺼내 들었다.

마침 서 대리도 출근할 준비를 마쳤는지 외투를 걸쳐 입고 있었다.

용호가 손목에 차고 있는 시계를 한 번 보고 서 대리를 불렀다.

"서 대리님. 어젯밤에 협력사 쪽에서 저한테 봉투를 하나 줬는데… 아무래도 돌려줘야 할 것 같습니다."

"아, 그랬어요? 뭔지는 몰라도 그냥 넣어둬요. 어차피 야근 수당도 안 받잖아요. 야근 수당이라 생각해요."

서주신의 말에 용호가 순간 숨을 깊게 들이쉬었다.

'뭔지 모르는데 야근 수당이라 생각하라는 말은 무슨 뜻인가?'

출장 수당 3만 원. 숙박비 일 인당 6만 원. 용호가 출장을 통해 회사로부터 지급받게 되는 혜택이었다.

출장을 와 밤 11시까지 일해도 야근 수당은 없었다. 어차피 서울 본사에서 근무할 때도 야근 수당은 없었다.

"그래도 이건 좀 아닌 것 같은데요."

"거참, 그냥 야근 수당이라 생각하면 된다니까요. 용호 씨가 받은 거니 용호 씨가 알아서 하세요."

서주신은 마치 자기 일이 아니라는 듯 선을 그었다. 더 이상 말해서는 관계만 악화될 것 같았기에 용호도 이야기를 꺼내지 않았다.

무거운 분위기 속에서도 출근은 해야 했다.

*   *   *

용호의 입에서 연신 거친 숨소리가 새어 나왔다. POS테스트는 쉬운 일이었다.

'헉… 헉……'

겨울이 다가오는 쌀쌀한 날씨임에도 땀이 흘러내렸다.

용호까지 동원되어 근 7kg 정도 되는 POS기를 각 매장으로 옮기고 있었다.

매장 오픈이 채 3일도 남지 않은 시점에서야 내부 인테리어가 마무리되고 있었다.

POS를 넣기 위해서는 올려놓을 가구가 필요했기에 인테리어가 끝나야 들어갈 수 있었다.

그것이 오픈 3일 전에야 끝이 난 것이다.

"이제 몇 대 남았죠?"

"아직 오십 대 남았습니다."

다른 팀에서 파견 온 직원의 말에 용호는 속으로 비명을 질렀다. 팔이 빠질 것 같았고 다리가 후들거렸다.

POS를 옮기는 것으로 끝이 아니었다. POS도 일종의 컴퓨터였기에 결제를 하기 위해서는 전원이 공급되어야 했고, 네트워크도 연결되어야 했다.

문제는 아직 네트워크 공사가 끝나지 않은 매장도 군데군데 존재한다는 것이다. 문이 잠겨 있어 POS를 넣지 못하는 매장, 문이 열려 있지만 아직 POS를 넣을 가구가 없는 매장.

한마디로 난장판이었다.

"쉽지 않네요."

"오픈이라는 게 결코 쉬운 일이 아니죠. 그래서 각 팀에서 인력을 차출하는 거고요."

신세기 I&C의 사내 그룹웨어 담당 팀에서 온 직원이 웃으며 말했다.

이미 몇 번 경험했는지, 일이 굴러가는 상황에 대해 정확하게 파악하고 있었다.

"몇 번 해보셨나 봐요?"

"뭐, 제가 팀에 막내다 보니."

그러고는 용호를 쓱 훑어보았다. '마치 너도 막내 아니냐'고 물어보는 것 같았다.

"그, 그건 그러네요."

용호도 팀에서 막내였다. 대화를 하면서도 둘은 POS를 옮기고 있었다. 각 브랜드별 매장에 들어가 POS를 넣고 다시 다음 매장으로 넘어갔다.

아침부터 시작해서 해가 질 무렵이 다 되어서야 일이 마무리되었다.

＊　　　　＊　　　　＊

저녁을 먹고 잠시 휴식 시간을 가졌다. 용호는 어젯밤 이야기를 나누었던 협력사 직원에게 다가갔다.

그러고는 슬쩍 협력사 과장만을 따로 불러냈다. 영업팀 사람 같았지만 POS기를 나르는 데 특별한 지식은 필요 없었기에 함께 일을 도와주었다.

물론 타의 반, 자의 반이었지만.

시계를 보고 시간을 확인한 용호가 주머니에서 어젯밤 받았던 봉투를 꺼내 들었다.

"이런 거 안 주셔도 됩니다."

"에이, 그냥 넣어두세요. 이 정도는 티도 안 납니다."

"제가 불편해서 그래요. 이런 걸 받을 위치도 아니고요."

용호가 꺼낸 봉투를 협력사 직원은 계속해서 밀어냈다.

"진짜 괜찮은데, 부산 오셨으니 관광도 하셔야 할 거 아닙니까. 그때 쓰세요."

협력사 직원은 한사코 용호가 내민 봉투를 거절했다. 그러나 용호도 단호했다.

"더 이상 이 일로 입씨름하고 싶지 않습니다."

협력사 직원도 하루, 이틀 영업을 뛴 것이 아니었다. 굳은 얼굴과 단호한 목소리에서 용호의 의중을 느낄 수 있었다.

몇 마디가 더 오가고 실랑이가 계속된다면 관계가 더욱 악화될 것 같았다.

"알겠습니다."

협력사 직원이 봉투를 받아 들고 먼저 자리를 떠났다.

용호가 시계를 들여다보니 어느새 8시를 가리키고 있었다. 시계를 보며 용호는 생각했다.

'갑질도 아무나 하는 건 아니구나.'

*   *   *

사무실로 올라가자 서주신이 기다리고 있었다. 용호가 작성하여 올려둔 테스트 결과서를 살펴보는 중이었다.

"이거 용호 씨가 쓴 겁니까?"

"네. 무슨 문제라도……."

"여기 52번째 POS에서 에러 났다는 거. 정말이에요?"

"네. 바로 해볼까요?"

서주신이 의심스러운 눈초리로 용호를 바라보았다. 용호가 테스트하기 전 이미 수십 번의 테스트를 마쳤다.

최종 점검의 일환으로 용호에게 테스트를 맡긴 것뿐이었다. 이런 문제는 일어나선 안 되는 것이었다.

용호가 사무실 한편에 마련되어 있는 POS기에서 테스트 결과에 적어둔 것과 같은 오퍼레이션을 진행했다.

다운.

POS가 다운되었다.

다시 켰다 껐지만 정상 작동이 되지 않았다.

결제를 진행할 때마다 현재 몇 번째 결제가 일어나고 있는지 카운트가 되어야 한다.

그래야 최종 카운트된 건수를 비교하여 매출에 누락이 있는지 없는지 점검할 수 있었다. 그 카운트가 에러 전 숫자에서 멈춰 있었다.

"하아… 시발."

서주신이 나지막이 욕을 중얼거렸다. 오픈이 3일 남은 상황이었다. 더구나 POS가 매장에 배포되어 있었다.

서주신이 바로 전화기를 집어 들었다.

"신세기 서주신인데요. 지금 바로 부산에 내려와 주세요.

POS 프로그램에 문제가 생겼습니다. 내용은 메일로 보냈으니까 확인해 보시고 늦어도 내일 안으로는 수정돼야 합니다."

서주신은 일방적으로 말을 하고는 전화를 끊었다. 용호는 어디선가 많이 본 듯한 장면에 과거 기억을 더듬었다.

비록 똑같지는 않았지만 마치 KO통신에서 만났던 노준우의 모습이 서주신에게서 살짝 보였다.

"술 한잔해야겠네. 다들 밑에 있죠?"

"네."

"용호 씨도 가죠."

파견 이틀째 회식이 시작되었다.

오픈 일자에 하루 가까워졌고 파견 온 인원도 늘었다. 그중에는 POS를 함께 날랐던 신세기 I&C의 직원도 있었다.

"제대로 인사도 못 했죠?"

"아, 네. 반갑습니다. 이용호라고 합니다."

"용호 씨였구나. 말씀 많이 들었어요. 개전으로 입사해서 바로 직계 라인 타셨다고."

"개, 개전요?"

"개발전문직. 줄여서 개전이라고 부르는데 모르셨나 보네."

원재진이라고 자신을 밝힌 같은 회사 직원이 말해주는 이야기는 용호가 처음 듣는 일이었다.

개발전문직. 이른바 개전.

신세기에는 직군이라는 인사 제도가 존재했다.

어떤 일이든 맡기면 해야 하는 것이 공통직.

개발만 전문적으로 하는 직군이 개발전문직.

그 외에도 각각의 일에 맡게 다양한 직군이 존재했다.

그리고 그러한 직군에 따라 받게 되는 대우도 달랐다.

"그, 그랬나요?"

"들어올 때 얼마 받고 들어왔어요?"

"…그건 말씀드리기가 좀."

원재진은 직접적으로 용호에게 물어보았다. 개개인의 연봉
은 공적으로는 대외비에 속하는 사항이었다. 같은 회사 직원
이라도 함부로 말하면 안 되는 것이었다.

"3천대?"

그러나 원재진은 집요했다. 술을 먹어서인지 더욱 거침이
없었다.

용호는 자신도 모르게 고개를 끄덕였다.

"공통직 시작이 얼만 줄 알죠?"

원재진은 말을 하며 손가락을 네 개 펼쳤다. 4천대라는 말
이었다.

용호는 말없이 술을 한잔 들이켰다.

"저기, 가운데 있는 사람 보이죠?"

원재진이 가리킨 것은 서주신, 그리고 서주신 옆에는 어제
와 다른 남자가 앉아 있었다.

"저 사람은 공통직. 우리는 개전. 같은 일을 하고 있지만 돈은 더 적죠."

말을 하고 나서 원재진이 술을 한 잔 들이켰다. 생각만 해도 화가 난다는 듯 지금까지 쌓아왔던 불만들을 용호에게 털어놓았다.

정단비가 직접 뽑은 남자.

NetFlax Prize에서 우승한 직원.

용호는 신세기 개발전문직들 사이에서 영웅 취급을 받고 있었다. 그리고 어쩌면 자신들의 이런 신세를 바꿔줄 수 있을 거란 기대도 있었다.

"복잡하네요."

원재진의 설명을 들은 용호의 소감이었다.

용호가 처음 정단비의 제의를 받고 나서 인사팀과 긴 면담을 거쳤다.

대기업의 연봉 체계란 복잡다단하기 그지없었다.

기본급이 있었고, 각종 명목의 수당이 있었다. 명절 상여금에 인사고과에 따른 인센티브까지… 월급 명세서에 찍혀 나오는 항목만 십여 가지가 넘었다.

'뭐가 이렇게 복잡해.'

용호가 처음 월급 명세서를 받아 든 소감이었다. 너무 복잡해 제대로 보지도 않았다. 그저 총액이 맞는지만 확인했을 뿐이다.

총액만 해도 이미 인턴 때나 보도방에서 제시받은 것보다 배는 되었다.

용호가 흘낏 보고 넘긴 월급 명세서의 각 항목은 기업에서 나라에 부담해야 하는 세금들과 연관이 되어 있었다. 최대한의 이익을 창출해야 하는 기업으로서는 고정비인 인건비를 최대한 줄여야 했다.

인사 제도는 그렇게 인재에 대한 혜택을 주기 위한 방향이 아닌, 인건비를 절약할 수 있는 쪽으로 발전했다.

그리고 탄생한 것이 개발전문직.

말은 그럴듯하게 개발을 전문으로 하는 직군이었지만 내부에서 보면 프로그램 개발에 대한 사내 하청이었다.

"용호 씨에게 거는 기대가 큽니다. 다들 혹시나 공통직으로 전환되지 않을까 희망을 걸고 있어요."

술이 한 잔, 두 잔 들어가자 원재진의 얼굴도 붉은빛을 띠기 시작했다. 공통직으로 전환되기를 원하는 이유는 한 가지였다.

연봉.

돈을 더 많이 받기 위함이었다.

"저한테요?"

"누가 뭐래도 용호 씨는 회사에서 가장 큰 권력과 가까이에 있으니까요. 우리 같은 사원들이 아무리 말해도 바꿀 수 없지만, 오너의 말 한마디면 인사 제도 같은 건 바로 변경되잖아요. 그래서 혹시나 용호 씨가 정단비 팀장에게……."

원재진은 또다시 술을 한 잔 들이켰다. 그간 쌓인 불만들을 술로 녹여 내리려고 하는 듯 보였다.

원재진이 처음 회사에 입사했을 때는, 개발전문직이 무엇인지 몰랐다고 한다. 다른 사람들도 사정은 마찬가지였다. 그저 대기업에 들어간다는 생각밖에 없었다. 인사팀에서도 그저 개발을 전문으로 하는 직군이라고 했을 뿐이지 연봉을 특별히 언급하진 않았다.

원재진이 말한 바에 따르면 개발전문직에서 3년 차가 되어도 연봉은 공통직 신입 사원에 못 미쳤다.

가장 중요한 점은 입사하기 전에는 누구도 이런 사실을 알지 못한다는 것이다.

중고차 시장에서 벌어지는 정보의 불평등이 취업 시장에서도 펼쳐지고 있었다.

갑작스레 만들어진 인사 제도, 그로 인해 피해를 보고 입사한 사람들. 왜 이렇게 회사는 직원을 이용하려만 드는 건지. 용호는 인턴 때의 경험이 생각나 씁쓸함에 또다시 술을 한 잔 들이켰다.

사자가 없는 곳에서는 여우가 왕이었다.

이번에는 또 다른 협력사 영업 직원이 카운터에서 계산을 마치고 서주신을 데리고서 가게를 빠져나갔다.

그 모습을 본 용호는 마지막으로 술을 한 잔 더 들이켜고 연신 욕을 해대는 원재진과 함께 숙소로 돌아갔다.

*　　　　　*　　　　　*

전산 회사인 신세기I&C의 주 업무는 프로그램 개발이 아니다.

프로그래머 관리다.

KO통신과 사정은 비슷했다.

어젯밤 서주신의 전화를 받고 POS 프로그램 개발자가 새벽부터 도착해 있었다.

물론 협력사 직원이었다.

"저희가 회사에서 테스트를 해보고 왔는데 말씀해 주신 문제가 맞습니다. 현재 본사에서 현재 수정 중에 있습니다."

"얼마나 걸릴 것 같습니까?"

서주신이 나름 차분하게 물어보았다. 옆에서 보는 용호는 노준우에 비하면 양반이라는 생각을 하고 있었다.

KO통신의 노준우라면 지금쯤 협력사 사장을 호출했을 것이다.

"그, 그게 최대한 빨리 수정하고 있지만… 뭐라고 딱 말씀을 드리기가."

"아니, 당장 내일모레 오픈해야 하는데, 언제 수정될지 모른다는 게 말이 됩니까?"

"현재 발생되는 오류 건이 워낙 특이 케이스라서요. 어차피 고객들도 에러가 발생하는 건과 같은 결제 진행은 없지 않을까요······."

협력사 직원이 모기만 한 목소리로 변명했다. 그 모습이 답답했는지 서주신의 언성이 높아졌다.

"만약 그런 결제 건이 생기면요?"

"그때는 POS를 바꾸면 되지 않을까요."

"하아··· 아무래도 안 되겠네요. 저희 팀장님께 전화하겠습니다. 제 선에서 처리하려고 했는데, 이렇게까지 비협조적으로 나오시니 할 수 없네요."

서주신의 반응에 협력사 직원이 용호를 흘깃거렸다.

"대리님, 잠시 담배 한 대 태우시고 이야기하시죠."

잠시 뒤 서주신이 협력사 직원과 함께 나타났다. 그러고는 사무실에 앉아 있던 용호를 쳐다보았다.

"용호 씨 입사하자마자 POS 프로그램 결제 오류를 해결했다고 들었는데··· 혹시 이 건도 해결할 수 있어요?"

문제가 용호에게로 넘어왔다.

물론 해결할 수 있었다. 용호의 안마당이 아니기에 굳이 나서지 않고 있었지만 서주신이 물어보자 용호는 가만히 고개를 끄덕였다.

*　　　*　　　*

"제가 수정을 하는 건 문제가 안 되는데 혹시 여기서도 CI(Continuous Integration : 점진적 통합, 이하 CI) 프레임워크를 사용하고 있나요?"

용호의 말에 서주신이나 협력사 직원 모두 눈동자가 흔들리며 아무런 말도 하지 못했다.

가만히 있는 둘을 향해 용호가 말을 이었다.

"허드슨이나 젠킨스요. 그런 거 안 쓰세요?"

CI 프레임워크의 대표적인 것이 허드슨이었다. 허드슨은 최초 오픈 소스로 개발되었으나, 허드슨의 라이센스를 가지고 있던 회사를 세계적인 DBMS 개발사가 사들이면서 오픈되어 있던 생태계가 죽어버렸다. 그 후 허드슨을 개발한 개발자들이 다시 만든 것이 젠킨스였다.

개발자들이 각각 개발한 소스 코드를 모아 간편하게 빌드시키고 정형화된 테스트와 프로그램 배포까지 자동으로 수행해 준다. 거기에 더해 어떤 개발자가 소스를 커밋하고 빌드, 배포시켰는지까지 상세하게 로그로 남기는 기능을 가지고 있었다.

"그게 꼭 필요한 건가요?"

"네. 꼭 필요합니다."

용호가 딱 잘라 말했다.

처음 사회에 나와 겪었던 경험을 다시 하고 싶지는 않았다. 그러기 위해서는 CI 프로그램이 꼭 필요했다. 개발자들 각각이 언제 소스를 수정하고 빌드시켰는지 정확하게 기록을 남기기 때문에 명확하게 잘못을 구분 지을 수 있었다.

손석호와 함께 PS시스템 프로젝트를 진행할 때도 아주 유용하게 사용했다. 손석호는 그런 면에서도 철저했고, 별도로 CI 서버를 구성하여 빌드와 배포를 담당하도록 시스템을 구성하였다.

개발되는 프로그램뿐만이 아니라 프로그램 개발을 위한 지원 쪽에도 많은 신경을 쓴 것이다.

"지, 지금 없는데……."

"저희 팀에서 CI 서버를 이미 구성해 놨으니 프로젝트만 추가하면 될 겁니다. 컴파일도 java만이 아니라 저희 회사에서 많이 사용하는 C나 C#에 대해서도 환경을 구성해 놓았으니까요."

"그, 그래요?"

서주신의 오른쪽 다리가 떨리고 있었다.

지식이 곧 힘인 시대다.

용호가 말하는 각종 툴들에 대해 제대로 알지 못하는 서주신이나 협력사 직원은 그저 끌려갈 뿐이었다.

"어차피 CI 서버도 내부망 사용하고 있으니까. 대리님 팀에서 사용하는 데 문제는 없을 겁니다. 환경 설정 하고 있을 테니까, 문제 되고 있는 소스가 업로드돼 있는 주소 좀 알려주세요."

용호의 말에 이번에는 협력사 직원이 무슨 말인지 모르겠다는 듯 고개를 갸웃거렸다.

"소스 주소… 요?"

"소스 저장하고 있는 곳이 있을 거 아닙니까. SVN이나 Git 같은 거 말이에요."

"아, SVN 있죠. 있습니다. 문자로 말씀드릴게요."

시커멓게 죽어가던 협력사 직원의 표정이 밝아졌다. 드디어 아는 것이 하나 나왔다고 여기는 것 같았다.

이번에는 그 둘을 보고 있는 용호의 표정이 어두워졌다. 협력사 직원이 건네줄 POS 프로그램 소스에서 또 얼마나 악취가 날지 걱정이 앞선 탓이다.

IF와 FOR문만 있으면 대부분의 프로그램을 구현할 수 있다고 말한다. 그러나 실제로는 IF와 FOR문 외에도 다양한 함수들과 프로그래밍 개념들이 들어간다.

용호가 손석호에게 배웠던 것처럼, 코딩도 하나의 글이라 생각해야 한다. 다른 사람들과 작성자 스스로가 나중에 봤을 때도 한눈에 이해하기 쉽게 만들어야 한다.

그런데 여기 정말 IF와 FOR문만으로 이루어진 소스가 용호

앞에 던져졌다.

'아……'

소스를 열자마자 머리가 지끈거렸다. C#은 JAVA와 비슷한 객체지향 개념이 들어간 언어였다. 그러나 캡슐화나 다형성 같은 개념은 눈 비비고 찾아봐도 볼 수 없었다.

'온톤 IF문 천지구면.'

용호가 몇 개의 파일을 열어보고는 간단한 맨손체조를 하고 다시 자리에 앉았다.

POS 프로그램에서 이루어지는 결제별 경우의 수를 처리하기 위해 무수한 IF문이 사용되었다.

IF(현금 결제==참)
IF(카드 결제==참)
IF(상품권 결제==참)
IF(기프트 카드 결제==참)
IF(포인트 결제==참)

용호가 확인한 부분에서만 5개의 트리로 이루어져 있었다. 거기서 끝나면 다행이었다.

참이 아닌 거짓의 경우도 있었고, 각각이 참일 경우에 처리되어야 하는 로직들이 복잡하게 얽히고설켜 있었다.

'일단은 버그만 수정해야겠다.'

한번 손보기 시작하면 끝이 없을 것 같았다. 더욱이 아직 C#은 익숙지 않은 언어였다. 잘못 수정해 불상사가 벌어질 수도 있었다.

CI 서버 설정에서 소스 수정까지… 다행히 그날 저녁을 먹기 전에 일이 완료됐다.

*　　　*　　　*

"그 이용호라는 친구는 어때?"

"부산에서 땀 좀 빼고 있는 것 같습니다."

"그래, 말했던 대로 진행하고… 손석호는?"

"지금 노발대발해서 노동부에 신고하러 가겠다는 걸 정단비 팀장이 겨우 말리고 있는 것 같습니다."

타닥. 타닥.

책상을 두드리고 있던 손가락의 리듬감이 더욱 빨라졌다.

정진훈이 보고를 하고 있는 남자를 물끄러미 쳐다보았다.

"진짜 노동부에 신고하면 회사 이미지에도 문제 생기는 거 아닌가?"

"어차피 자발적으로 일하는 거라 전혀 문제 생길 게 없습니다. 컴퓨터까지 껐는데도 일하겠다는 걸 회사에서 더 이상 막을 방법은 없죠."

"그래. 1%의 여지도 남겨두면 안 돼. 그렇지 않으면 모두가 힘들어지니까."

"네."

대답을 한 남자는 정진훈이 묻기도 전에 말을 이었다.

"신세기 매직미러는 세팅 완료되었습니다. 언론에 보도 자료 뿌릴까요?"

"그렇게 하지. 이제 슬슬 굳히기 들어가야지. 비록 PS시스템 때문에 늦춰지기는 했지만 말이야."

탁.

책상을 두드리고 있던 정진훈의 손가락이 움직임을 멈추었다. 보고를 하던 남자도 조용히 사무실을 빠져나갔다.

*　　　　　*　　　　　*

"신고하겠습니다."

"손 수석님."

"더 이상은 저도 못 참겠습니다."

단팥빵을 물고 시시덕거리던 모습은 온데간데없었다. 완강하고 고집스러운 분위기만이 느껴질 뿐이었다.

"그러면 더 힘들어질 뿐입니다. 아무도 원하지 않아요."

"사무실 밖에 보이세요? 지금 며칠째 철야를 하는 겁니까. 이게 지금 사람 죽으라는 말이지 뭡니까."

"지금만 지나가면 된다니까요. 손 수석님과 이용호 씨가 없어도 PS시스템을 돌리기 위해서는 어쩔 수가 없어요."

"그래도 이건 아닙니다."

PS시스템의 가치는 충분히 입증되고 있었다.

그리고 회사는 리스크를 최대한 회피해야 했다. PS시스템의 가치가 커질수록 손석호와 용호에 대한 의존도도 함께 높아졌다. 용호가 파견 가 있는 동안 조금씩 업무에도 과부하가 걸리고 있었다.

그런데 위에서 지시가 내려왔다.

사람이 없어도 자동으로 돌아가도록 만들어라.

인력에 대한 리스크를 회피하기 위해 회사가 선택한 건 자동화였다. 한 번에 자동화라는 목표를 이룰 수는 없기에 1차적으로 진행되고 있는 것이 PS시스템 운용에 대한 문서화였다.

초등학생이 오더라도 정해진 절차대로 따라 하기만 하면 PS시스템이 운용되는 데 아무런 문제가 없어야 한다.

"어차피 인수인계 문서도 작성하셔야 하니 겸사겸사하면 되잖아요."

"팀장님. 지금 제가 일을 안 하겠다는 게 아니잖아요. 일정이 너무 빡빡하지 않습니까. 부산 프리미엄 아웃렛 오픈 전에 끝내라니… 이게 말이 되는 일정입니까?"

손석호의 말에 정단비도 답답한지 인상을 찌푸렸다. 그러고는 의자 깊숙이 몸을 기대고 눈을 감았다.

개발팀에서 작성한 문서를 기획팀에서 점검하고 있었다. 초등학생이라는 말에는 개발에 전혀 문외한이라는 말도 포함되어 있었다.

프로그래밍을 어느 정도 할 줄 아는 사람이 아닌, 전혀 알지 못하는 사람들이 문서를 보고 시스템을 구동시킬 수 있어야 한다.

"이해가 안 됩니다."

허지훈이 개발팀에서 작성해 온 문서를 보며 PS시스템을 운용해 보고 내뱉은 감상이었다.

"다시 해오세요."

같은 팀 사람이라고는 느껴지지 않을 만큼 차가웠다. 어느 정도 융통성 있게 넘어가는 법 없이 철저히 원칙대로 움직였다.

문서에 있는 그대로 따라 해보고 안 되면 반려시켰다. 한 가지 특이한 점은 먼저 퇴근하는 법 없이 개발자들이 문서 작업을 하며 늦게까지 일할 때도 끝까지 함께했다.

그랬기에 더더욱 아무도 퇴근할 수가 없었다.

*   *   *

일을 마친 용호가 자리에서 일어났다.

"바람 좀 쐬고 오겠습니다."

"아, 그, 그래요."

용호의 말에 서주신이 고개를 끄덕였다. POS 프로그램을 개발한 협력사에서도 아직 문제를 해결하지 못했다.

그러나 용호는 달랐다.

다행히 오픈 전까지 문제를 해결했다. 용호가 협력사 직원에게로 고개를 돌렸다.

"CI 서버 아이디를 하나 드릴 테니까 앞으로 수정 사항 있으면 CI 서버에 올리고 빌드시키세요. 그렇지 않은 파일은 불법적인 파일로 보겠습니다. 서 대리님, 그렇게 봐도 되겠죠?"

"다, 당연하죠."

용호의 행동에 아무도 토를 달지 못했다.

서주신은 각 매장에서 올라오는 각종 불만 사항들을 처리하는 데 바빴고, 협력사 직원은 아직도 왜 버그가 발생했는지 제대로 이해하고 있지 못한 눈치였다.

그리고 용호의 능력이 서주신이나 협력사 직원이 토를 달수 없게 했다.

"여기요."

원재진이 자판기에서 음료수 한 캔을 꺼내 용호에게 건넸다. 같은 개발전문직이라는 동질감 때문인지 자주 말을 걸어왔다.

"헛소문이 아니었네요. 결제 오류부터 PS시스템 구축까지… 사실 별로 믿지는 않았는데."

"뭐, 그렇게 대단한 건 아닙니다."

"겸손까지? 내년 인사고과는 걱정 없겠네요."

"하하하. 뭐……."

원재진의 계속되는 칭찬이 용호에게는 부담스럽기만 했다.

"그런데 개전이면 어차피 인사고과 A 받아도 4천 안 되는 건 아시죠?"

용호가 입에 대고 있던 음료수 병을 스스륵 아래로 내렸다. 프로그래밍을 하는 게 재밌고 즐겁지만 돈에 관련된 이야기는 무시할 수 없었다.

NetFlax Prize로 받은 상금이 있다지만 부모님과 함께 살 집을 마련하고 나면 절반가량이 소모될 것이다.

거기에 결혼까지 생각한다면 아직 부족했다.

"그 정도인가요?"

"제가 인사팀이랑 이곳저곳에 알아본 바에 의하면 확실합니다. 개발전문직은 아무리 인사고과에서 A를 받아도 4천이 안 돼요. 4천 넘기려면 적어도 4년 차는 넘어야 할 겁니다."

"회사에서 생각이 있으면 달라질 겁니다. 그렇지 않으면… 어차피 기회는 많으니까요."

음료수를 삼키는 용호의 모습에는 여유가 흘러넘쳤다. 이미 다양한 기회들이 용호에게 찾아오고 있었다.

정당하지 못한 일을 거부할 수 있는 선택권이 생긴 것이다.

처음 신세기에 입사했을 때 손석호가 했던 말이 생각났다.

능력이 있으면 기회가 생깁니다. 그러니까 지금 조금만 더 노력해 보세요.

그 말이 하나씩 현실이 되고 있는 중이었다.

                    *   *   *

꾸준히 활동한 덕분인지 스택 오버 플라이의 순위도 껑충 올라가 있었다. 사용자를 보기 위한 게시판에 들어가면 하단에 숫자가 적혀 있다.

1. 2. 3. 4. 5… 121,391

한 화면에 게시되는 사용자의 숫자가 36명이니 총 가입자만 해도 4백만 명이 넘었다. 그중에서 용호의 순위는 이제 300번 정도 화면을 넘기면 보이는 수준으로까지 올라와 있었다.

'꽤 많이 왔네.'

부산에 내려와서도 용호는 자기 전에 한 번씩 사이트에 접속하여 문제를 해결해 주고 점수를 쌓았다.

그런 꾸준함 덕분에 지금과 같은 결과를 얻은 것이다.

'겟 허브에도 한번 들어가 볼까.'

입사 초기 용호가 만든 WindowView라는 인드로이드 뷰 관련 소스가 위치하고 있는 겟 허브에 접속해 보았다.

star 1031.

겟 허브 오른쪽 상단에 위치하고 있는 별 표시에 1031이라는 숫자가 적혀 있었다.

해당 소스를 관심 있게 지켜보고 있는 사람이 천 명이 넘는다는 뜻이었다.

'사람들이 꽤 많이 보고 있네.'

겟 허브에는 스택 오버 플라이처럼 다양한 기능들이 존재했다.

star는 해당 소스를 관심 목록으로 등록해 놓고 볼 수 있었고, watch라는 기능은 해당 소스에 변경이 있거나 이슈가 발생했을 때 알람이 온다.

fork는 개인 계정으로 그대로 복사하여 쓰겠다는 말이었다.

star나 watch 점수를 이용하여 그 주의 인기 프로젝트를 선정하여 화면에 노출시켜 주기도 하는데 용호의 소스도 순위권에 올라가 있었다.

'인드로이드를 많이 쓰기는 하나 보구나.'

NetFlax Prize 수상.

스택 오버 플라이 순위권.

겟 허브 인기 소스.

그리고 다른 사람들에 비해 월등한 능력까지.

지하에 처박혀 있던 용호의 자존감은 계속해서 올라가기만
했다.

                    *   *   *

오픈을 하루 앞두고 최종 점검이 있었다.

프리미엄 아웃렛 매장을 오픈하는 데 있어서 전산팀의 가
장 중요한 임무는 결제가 문제없이 일어나도록 하는 것이다.

그리고 결제의 최전방에 POS 장치가 있었다. 부산으로 파
견 지원을 온 모든 사람들이 최종 테스트에 열을 올렸다.

"신세기 전산팀에서 왔습니다."

"아, 네. 무슨 일이신가요?"

"POS 테스트 좀 해보려고요."

신세기 전산팀에서 왔다는 말에 사람들은 별다른 말 없이
용호의 행동을 묵인해 주었다.

"10호 매장 이상 없음."

용호가 지급받은 표의 10번째 칸에 동그라미를 그렸다. 그
리고 다음 매장으로 발걸음을 옮겼다.

프리미엄 아웃렛이라는 이름답게 대부분 명품 브랜드가 입
점해 있었다. 할인을 한다고 해도 눈이 휘둥그레지는 가격대

를 자랑했다.

"어차피 상금으로 받은 돈도 있으니… 올라갈 때 엄마 가방이랑 아버지 양복이라도 한 벌 사가야겠네."

용호가 다음 매장으로 들어서며 중얼거렸다. 전 세계적으로 가장 많은 매출을 올린다는 명품 브랜드 매장이었다. 그곳에 유독 많은 사람들이 몰려 있었다.

"어때, 문제없어?"

"네. 이상 없습니다."

"내일 오픈 때 VIP들 총출동하시니까 만에 하나의 가정도 있어서는 안 된다."

하나같이 신세기 직원임을 증명하는 사원증을 목에 걸고 있었다. POS를 점검을 마친 용호도 고개를 빼꼼히 내밀고 바라보았다.

"품번 불러봐."

"lv0—dg215M."

한 명은 거울 앞에 서서 각양각색의 포즈를 취하고 있었다. 그리고 손을 움직이자 화면에 다양한 옷들이 나타났다.

손바닥을 펼치고 2초 정도 있자 그중 하나의 옷이 선택되었다. 그리고 선택된 옷이 거울에 비치는 남자의 몸에 걸쳐져 있었다.

신세기 매직미러.

정진훈이 부산 프리미엄 아웃렛 매장 오픈에 맞춰 준비한 비장의 카드였다. 정단비가 PS시스템을 통해 매출을 향상시켰지만 아직 신세기는 온라인 몰의 비중보다는 오프라인 매장의 매출이 더 컸다.

오프라인 매장의 매출을 획기적으로 상승시키겠다는 기대를 갖고 야심차게 진행된 프로젝트였다.

고객이 옷을 입는 불편을 최소화해 최대한 다양한 옷을 입어 보도록 만들어 구매로 이어지게 한다는 전략이었다.

"일치합니다."

한 명은 매직미러 앞에서 포즈를 취하고 있었고, 다른 한 명은 노트북 모니터를 보고 있었다.

매직미러와 선으로 연결된 노트북이었다. 매직미러 앞에서 남자가 포즈를 취할 때마다 노트북 화면으로 로그가 올라왔다.

모니터를 보고 있는 사람은 대답을 하면서도 무언가 마음에 들지 않는 눈치였다. 그런 낌새를 알아차렸는지 뒤에서 함께 모니터를 지켜보던 남자가 입을 열었다.

"뭘, 자꾸 고개를 저어. 내 말이 맞다니까."

"분명 방금 전에도 화면이 깜박였는데……."

"깜박이기는 뭘 깜박여, 설사 그렇다고 해도 깜박였으면 디스플레이 업체가 제대로 펌웨어 설치를 안 한 거지."

"이상한데……."

"당장 내일이 오픈이야. 다른 부분은 확인 다 했어? 사소한 건 그냥 넘어가자."

"그래도 자칫 잘못될 수도 있지 않습니까."

"나 선임, 내가 지금 경력이 10년이야, 10년. 내가 말하면 그냥 좀 넘어가면 안 돼? 개발전문직으로 변경된 것도 짜증나는구먼."

멀찍이 지켜보던 용호의 귀에 쏙 들리는 단어였다.

개발전문직.

'저 사람도 같은 직군인가 보네.'

원재진의 말로는 개발전문직이 만들어지면서 기존 직원들을 대상으로 직군 변경 신청도 받았다고 한다.

연봉이 조금 낮아지는 대신 개발만 하고 싶은 사람들은 개발만 하라는 취지였다고 했다. 그러나 연봉은 낮아지고 야근은 똑같았다.

어차피 공통직도 개발을 하고 있었기에 별다른 점이 없었다. 몇몇 전환한 사람들이 다시 원복을 요청했지만 허용되지 않았다.

희한한 점은 공통직에서 개발전문직으로 갈 수는 있어도, 개발전문직에서 공통직으로 갈 수는 없었다.

"그러면 책임님만 믿겠습니다."

"야, 내 말이 그런 게 아니잖아. 나만 믿겠다니. 내 말은 그냥 시간 없으니까 빨리 다른 것도 확인해야 한다는 거지."

용호의 눈살이 찌푸려졌다. 누가 봐도 책임을 회피하는 행위였다. 남자는 입만 나불댔지 그렇다고 나서서 일을 하지도 않았다.

노트북을 보며 코드를 수정하고 있는 선임이라는 사람의 분노가 용호가 서 있는 자리까지 전해지는 듯했다.

"알았으니까 좀 조용히만 해주시죠. 정신 사나우니까."

이를 앙다물고 하는 말에도 아랑곳하지 않고 박 책임이라는 사람은 떠들고 있는 입을 멈추지 않았다.

"야, 거기 그렇게 하면 안 된다니까. 주석은 왜 또 빼먹었어."

앉아서 노트북 키보드를 두드리고 있는 남자의 손에 힘이 들어갔다.

*   *   *

참고 있던 손석호의 인내심도 한계에 다다랐다.

"조금만 더 기다려 주세요."

"더 이상은 못 참겠습니다. 나가겠습니다."

손석호가 최후통첩을 보냈다.

참고 참았다.

참기 위해 정단비와 합류한 것이 아니었다. 1년 단위 비정규직 계약을 진행하면서도 정단비와 함께한 것은 목표가 있었기 때문이다.

손석호가 개발한 오픈 소스 maut를 이용하여 세계적인 추천 솔루션을 만들어 보자.

M사나 O사와 같은 세계적인 소프트웨어 솔루션 업체가 되어보자는 목표가 있었다. 정단비는 소위 말하는 금수저 위의 다이아몬드 수저쯤 되는 사람이었고, 그런 사람들답지 않게 생각이 깨어 있었다. 그래서 함께할 수 있었다.

그러나 그것도 여기까지다.

"손 수석님!"

"사무실에 쩐내가 날 정도입니다. NetFlax Prize를 준비할 때는 목표라도 있었지, 지금은 뭡니까. 쥐어짜내는 것으로밖에 보이지가 않습니다."

"하아… 곧 끝납니다. 어차피 일이라는 건 끝이 있으니까요. 다시 정상화될 겁니다."

"아니요. 제가 볼 때는 팀장님이 계시는 한 끝나지 않을 것 같습니다. 제가 제일 화가 나는 건 사내 정치에 무의미하게 이용당하는 겁니다."

손석호가 빠르게 말을 쏟아내자 정단비가 고개를 숙이고 한 손으로 머리를 쓸어내렸다.

체념한 듯한 표정이었다.

"저도 나가고 싶어요."

"그런데 왜 안 나가십니까."

손석호가 제일 이해가 안 되는 부분이었다. 이미 NetFlax Prize에서 일등을 거머쥐었다. 더구나 구축한 PS시스템도 나날이 매출을 증가시키며 승승장구하고 있었다.

재벌가의 직계 자손.

뉴스로 확인한 회사 지분 가치만 해도 백억 대는 훌쩍 넘었다. 그런데 왜 안 나가는 것인가.

"나갈 수가 없습니다."

"그러니까, 왜요."

쳇바퀴 도는 듯한 질문과 답변에 손석호의 언성이 높아졌다. 모든 걸 내려놓은 듯한 정단비는 오히려 담담한 표정이었다.

"묶여 있습니다. 쓸 수가 없어요."

"……."

주어가 빠져 있었지만 손석호는 알아들을 수 있었다.

"아직 조건을 만족시키지 못했습니다."

"말해주세요. 함께할 거면 그래야 한다고 봅니다."

정단비가 앞에 놓여 있던 차를 한 모금 마셨다. 정단비 개인의 문제라고 생각했기에 굳이 주변에 알리지 않았다.

그리고 조건에는 '다른 사람이 알아서는 안 된다'는 항목도 있었다.

혹시나 정진훈이 그 조건을 알게 돼 정단비를 도와준다면 매출 천억은 너무나 쉽게 달성될 수 있었다.

신세기 그룹사 전체 매출이 10조를 가뿐히 넘는 상황, 한 달 천억의 매출을 몰아주는 건 일도 아니었다.

조건을 만족할 때까지 정진훈이 절대 알아서는 안 된다.

그것이 정진용이 정단비에게 내린 시험의 조건이었다.

그랬기에 끝까지 혼자 짊어지고 가려 했지만, 이제는 밝힐 수밖에 없었다.

손석호는 그런 위험을 감수할 정도로 정단비에게 중요한 사람이었다.

"블라인드 좀 내려주시겠어요."

정단비가 중요한 이야기를 할 것이라는 걸 직감했는지 손석호가 자리에서 일어나 창 근처로 다가갔다.

블라인드를 내리기 위해 줄을 잡는 순간 근처를 지나가던 허지훈과 눈이 마주쳤다.

배제되었다.

허지훈의 눈빛이 하는 말이 전해지는 듯했지만, 손석호는 크게 신경 쓰지 않은 채 블라인드를 내렸다.

*   *   *

기상 시간이 새벽 5시 30분이었다.

대망의 오픈 날.

하나같이 긴장한 표정을 감추지 못했다. 오픈 날 가장 먼저

한 일은 POS 점검이었다.

조를 나누어 마지막으로 테스트를 마쳤다.

간간이 상품 등록이 되어 있지 않다는 매장들의 불만 사항들을 접수 및 처리해 주고 나니 시간이 쏜살같이 흘러갔다.

잠깐 쉬기 위해 벤치에 걸터앉아 있는 용호의 어깨를 누군가가 두드렸다.

"어이, 이용호 씨. 일 안 하고 놀고 있으면 됩니까? 이거 신고해야겠는데요."

어디서 많이 들어본 목소리에 용호가 급히 고개를 돌렸다. 그곳에 여느 때처럼 단팥빵을 입에 문 손석호가 서 있었다.

"수석님!"

"이야, 저는 서울에서 피똥 싸며 일하고 있었는데, 용호 씨는 벤치에서 쉬고 있었군요? 이거 내가 대신 파견 올 걸 그랬어요."

"여긴 어쩐 일이세요?"

반가움에 용호의 지쳐 있던 표정도 밝아졌다. 채 일주일도 되지 않았지만 그랬기에 더 반가웠다.

너무 오랜 시간 동안 보지 않으면 오히려 기억이 나지 않는다.

그렇다고 너무 짧은 시간 만에 다시 보면 익숙함에 덤덤할 뿐이었다.

일주일.

반가움이 극대화되는 시간.

"하하하, 명품 아웃렛 매장이 생긴다고 하길래 살 것 좀 있나 보러 왔지요."

손석호도 반가운 표정을 감추지 못했다. 이제는 직장 상사와 부하 직원의 관계처럼 보이지 않았다.

그보다 더 깊은, 진하고 끈끈한 인연의 실이 둘을 감싸고 있었다.

Chapter 9
충사인인

매장 오픈은 대규모 투자가 들어가기 때문에 신세기 그룹 내에서도 중요도 '최상'급의 일이었다.

　더욱이 VIP들까지 총출동하는 행사. 그 밑에 있는 임원들이나 팀장급들까지는 급한 일이 없다면 얼굴 정도는 비추는 것이 관례였다.

　"아마 각 팀의 팀장급들은 대부분 왔을 겁니다."

　상금 받은 것을 빌미로 손석호가 용호에게서 뜯어낸 아이스크림을 핥으며 말했다.

　"그러면 정 팀장님도 오셨겠네요."

　"물론이죠. VIP분들이 계신 곳에 함께 있을 겁니다."

손석호의 예측은 정확했다. 같은 시각 정단비는 부산 프리미엄 아웃렛 모처에 앉아 있었다.

"요즘 PS시스템이 제 역할을 톡톡히 하고 있다고?"

"네. 정단비 팀장의 힘이 컸습니다. 어디서 그런 인재들을 구했는지 저도 참 탐이 납니다."

정진훈의 말을 듣고 있던 정단비가 한마디 톡 쏘아붙였다.

"그래서 그러셨겠지요."

정단비의 말에 신경 쓰지 않은 채 정진용의 묵직한 음성이 이어졌다.

"그래, 이번에 재밌는 걸 준비했다고?"

"네. 보시면 깜짝 놀라실 겁니다. 아직 세계적으로도 사용되는 곳이 없습니다. 여기 부산 프리미엄 아웃렛이 최초가 될 겁니다."

정진훈의 자신만만한 말에 정진용은 오히려 우려를 표명했다.

"어느 곳에서도 사용하지 않는다는 말은, 그만큼 실효성이 없다는 말이 될 수 있다고 생각한다만."

"하하, 직접 보시면 그런 우려가 싹 사라지실 겁니다."

정진훈의 시원스러운 웃음이 보기 좋았다. 한 발짝 떨어져서 본다면 여느 화목한 가정 못지않았다. 그러나 한 발짝만 가까이서 본다면 내부에서 흐르는 미묘한 신경전에 평범한 사람이라면 벌써 지쳐 떨어져 나갔을 것이다.

*　　　*　　　*

용호가 무전기를 들고 이리 뛰고 저리 뛰고 있었다.

"153호점 상품 등록 요청 들어왔습니다."

POS에서 결제되는 상품은 대부분 신세기의 중앙 서버에 저장시켜 둔다. 바코드를 찍는 순간 상품의 일련번호가 서버로 전문 형태로 전송되고 서버에서 해당 상품에 대한 정보를 다시 POS로 내려주는 방식이었다.

만약 상품 등록이 되어 있지 않다면 상품 정보를 알 수 없기에 가격이 POS에 표시되지 않는다. 그러한 경우 결제는 수기 방식을 통해 일일이 가격을 적어가며 진행해야 했다.

그랬기에 상품 등록은 중요했지만, 가게 하나당 상품이 수백 가지에 달했다. 몇 가지 누락이 발생하는 건 당연한 일이었다. 그때마다 신세기 전산팀으로 등록 요청이 들어왔다.

"204호점으로 가보세요."

쉴 새도 없이 용호가 다시 발걸음을 빨리했다. 오픈을 했음에도 일은 끝나지 않았다.

9시 30분에 각 브랜드별 매장들은 모두 오픈을 마치고 손님을 받기 시작했다.

그리고 오전 11시.

부산 프리미엄 오픈 행사가 시작되었다.

고급 주택처럼 지어진 각 브랜드별 매장이 옹기종기 모여 마을을 이루고 있었다.

그 한가운데 있는 분수대에 정씨 일가가 모습을 드러냈다.

정진용.

정진훈.

정단비.

차례대로 앞자리에 놓인 의자에 앉았다. 그 밖에도 부산 시장을 비롯한 시의원, 유명 국회의원들까지 각자의 자리에 앉자 오픈 행사가 시작되었다.

그 순간에도 용호는 각 매장을 돌아다니고 있었다.

POS 사용 이상에 대해서는 모두 신세기 전산팀에게 연락이 왔다.

"214호점 이상 없습니다."

무전을 마치고 용호는 잠시 벤치에 앉았다. 분수 근처였기에 얼핏 오픈 행사를 볼 수 있었다.

"화려하네."

오픈 행사를 분수대 근처에서 하는 이유는 두 가지였다.

그곳이 가장 넓은 지역이었고, 분수 쇼를 관람하기 위해서였다. 외국에서 도착한 엔지니어들이 분수 쇼를 컨트롤했다.

하늘 끝까지 치솟은 분수가 다시 아래로 떨어져 내리며 춤을 추었다.

치직. 치직.

다시 무전이 오고 있었다. 용호가 자리에서 일어났다.

옹기종기 모여 있는 브랜드 매장들의 집합소.

그중에서도 단연 눈에 띄는 매장이 한 군데 있었다. 크기와 규모, 그리고 매장 안에 전시되어 있는 상품들의 가격 면에서도 다른 매장들을 압도했다.

세계에서 가장 많은 상품이 팔린다는 L사의 매장이었다.

"아마 단일 규모로는 국내 최대 매장일 겁니다."

프리미엄 아웃렛 부산 지점의 지점장이 VIP를 수행하며 설명을 곁들였다.

오픈 행사가 끝나고 몇몇 VIP들이 핵심 매장을 돌고 있는 중이었다. 모든 매장을 돌아다닐 수는 없고, 중요도가 높은 3, 4개 매장이 순회 대상에 포함되었다.

특히나 L사의 매장이 중요한 이유는 하나 더 있었다.

"여기 보시는 게 이번에 개발된 신세기 매직미러입니다."

가로 1m, 세로 2m 정도 크기의 거울이 설치되어 있었다. 그러나 보통 거울이 아니었다.

거울 앞에서 지점장이 씨를 뿌리듯 주먹을 쥐었다 펴보았다.

띠리링.

효과음과 함께 화면에 현재 매장 내에 존재하는 상품이 모습을 드러냈다. 사용자의 움직임을 읽고 반응하는 동작 인식 기술 중 하나였다.

"이렇게 상품을 하나씩 보시면서 선택할 수 있습니다."

설명을 곁들이며 지점장이 손바닥을 쓸어내리듯 오른쪽에서 왼쪽으로 움직였다.

띠링. 띠링.

화면에 표시된 상품이 하나씩 사라지고 새로운 상품이 모습을 드러냈다. 상품을 고르는 동작의 일종이었다.

"자, 골랐으면 입어봐야겠죠?"

손을 편 채로 2초 정도 있으니 거울 속 지점장의 몸에 명품 옷이 걸쳐졌다. 3D와 증강 현실이 합쳐져 만들어진 결과물이었다.

몇몇 사람들이 조용히 고개를 끄덕였다. 그중에는 정진훈도 있었다.

매장으로 들어서던 용호는 너무 많은 사람이 몰려 있어 순간 움찔했다.

'뭐, 뭐야. 왜 이렇게 사람이 많아.'

곧 이유를 알 수 있었다. VIP들이 대거 신세기 매직미러 앞에 서 있었다.

'저거 때문인가 보네.'

잠시 매직미러를 본 뒤 사람들 쪽으로 시선을 돌렸다. 유독
눈에 띄는 사람이 한 명 있었다.

'예쁘기는 하다.'

처음 만났을 때도 느꼈지만 여전히 아름다웠다. 볼 때마다
안구 정화가 되는 것 같았다.

'응?'

순간 고개를 돌리던 정단비와 눈이 마주쳤다.

지점장의 설명이 이어지고 있었다.

"여기서 끝이 아닙니다. 상품을 골랐으면 바로 결제까지 진
행이 가능합니다. S페이에 카드를 등록해 놓으셨다면 터치 몇
번으로 결제가 가능한데요."

지점장이 상품 옆에 위치한 결제 버튼을 눌렀다.

삑.

순간 화면이 초기화되었다. 지점장의 얼굴이 당황스러움으
로 물들었다.

"하하, 제가 진행상에 착오가 있어 잠시 다른 기능을 수행
했습니다. 다시 한 번 해보겠습니다."

최대한 느리게 말을 하며 지점장이 매직미러 옆쪽에 위치한
사람에게 눈치를 주었다. 지점장과 눈이 마주친 남자가 서둘
러 매직미러 뒤쪽에 쳐져 있던 천막으로 들어갔다.

천막 안쪽의 공간에 3명 정도의 개발자가 옹기종기 앉아 있었다. 다들 흔들리는 눈빛으로 노트북을 보고 있었다. 둘은 얼마 전에 용호도 보았던 사람들이었다.

"뭐야, 어떻게 된 거야!"

"그러게 제가 뭐라 했습니까. 확인해 봐야 한다고 하니까. 10년 동안 개발하신 박 책임님이 문제없다면서요."

"나 선임, 지금 그런 말할 때가 아니잖아."

그중 가장 나이가 많아 보이는 사람이 현 사태를 다시금 주지시켰다. 책임을 미룰 때가 아니라 문제를 해결해야 할 때였다.

"지금 매직미러에서 떨어지는 로그 보고 있는데 바로 해결하기는 힘들 것 같습니다."

"그럼 뭐야. 결제 진행은 못 한다는 거야?"

"아무래도 그래야 할 것 같습니다."

나 선임이라는 사람이 아무런 흔들림 없이 담담한 목소리로 말했다. 그 모습이 꼴 보기 싫었는지 박 책임이라는 사람이 나섰다.

"비켜봐, 내가 해결할 테니까."

"문제만 더 키우시는 거 아닙니까?"

"뭐라고!"

다시금 언성이 높아질 것 같은 상황이 벌어지자 이번에는 책임자가 소리를 질렀다.

"둘이 뭐 하는 거야!"

그제야 천막 안이 잠잠해졌다. 다행히 북적거리는 바깥까지 안쪽의 상황이 전달되지 않았다.

지점장이 다시 한 번 같은 프로세스를 진행했다. 그러나 결과는 마찬가지. 화면이 리셋되어 버렸다.

그 모습을 본 정단비가 코웃음을 쳤다.

'그럼 그렇지.'

옆을 보니 정진훈의 인상이 팍 구겨져 있었다.

'고것 참 쌤통이다.'

부산을 오기 전 있었던 상황들로 가라앉아 있던 기분이 차츰 나아지는 것 같았다. 제대로 작동되지 않는 신세기 매직미러에 흥미를 잃어가던 정단비의 눈에 용호가 들어왔다.

'어쩌면……'

그 순간 용호도 정단비를 보고 있었다. 단지 서로 다른 생각을 하고 있었을 뿐이다.

정단비와 눈이 마주친 용호가 움찔거렸다. 왠지 자신이 하고 있던 생각을 들킨 것 같은 부끄러움에 한 발자국 뒤로 물러났다.

'뭐, 뭐야. 걸렸나.'

그때 정단비가 용호 쪽으로 한 발자국 다가섰다.

"POS만 보고 문제를 해결한 용호 씨가 보기에는 어때요? 지금 매직미러에 문제가 있는 것 같나요?"

맑고 투명한 소리가 매장을 가로질러 용호에게 날아갔다. 북적거리던 매장 안이 순식간에 조용해졌다.

매장 내에 있던 사람들의 고개가 정단비가 보고 있는 방향을 향해 돌아갔다.

"아, 그, 그게 425라인에 lcd.clear();를 주석 처리하면 될 것 같습니다."

갑작스러운 상황에 당황은 용호의 몫이었다.

미국에서 있었던 시상식은 전혀 이해관계가 없는 사람들이었기에 크게 긴장감이 없었다.

그러나 지금은 아니었다.

신세기 회장과 사장, 그리고 그 밑의 임원들까지… 하나같이 용호의 몸을 굳어지게 만드는 사람들이었다.

마치 군대에서 군단장 예하 사단장, 그리고 그 밑에 있는 참모들까지 자신을 바라보고 있는 것 같았다.

미국을 다녀오며 생긴 여유와 자존감이 아무짝에도 소용이 없었다. 아직 이 정도의 시선을 아무렇지 않게 견딜 정도의 내공은 없었다.

그것이 실언을 하게 만들었다.

'아, 아차.'

물어본 정단비도 당황했는지 순간적으로 말을 더듬었다.

"저, 정말요? 425라인에 그런 문제가 있다는 말입니까?"

정단비가 재차 확인했다.

나머지 VIP들은 주연이 아닌 조연으로 전락했다. 단지 호기심 어린 시선으로 지금의 상황을 지켜보았다.

'이거 지금 와서 아니라고 할 수 없고.'

용호의 등이 식은땀으로 순식간에 축축해졌다.

"사실이에요?"

대답을 하지 않는 용호를 향해 정단비가 물었다. 매장 안은 여전히 조용했다. 상황을 지켜보는 누구도 움직이지 않았고, 아무런 소리도 내지 않았다.

그러한 침묵이 용호에게 더욱 무겁게 다가왔다.

"네? 네. 아, 아마도 맞을 겁니다."

"들으셨죠? 어서 확인해 보세요."

정단비가 정신을 차리고 확인을 요청했다.

이미 조용해진 매장 안, 용호의 이야기를 천막 안의 사람들도 듣고 있었다.

처음에는 헛소리로 치부했다.

이내 지푸라기라도 잡는 심정으로 나 선임이라는 사람이 소스를 확인해 보았다.

'마, 말도 안 돼.'

용호의 말대로였다.

425 : lcd.clear(); //매직미러 화면 초기화.

'시발. 이게 왜 여기 있는 거야.'

욕을 뱉으며 해당 라인을 주석 처리 한 후 재빨리 기기 쪽으로 업로드시켰다.

―시스템 구동 중―

잠시 뒤 시스템 구동이 완료되고 지점장이 다시 결제 프로세스를 진행했다.

그리고 결제 완료.

아무런 문제없이 원하는 결과가 도출되었다.

"자네 이름이 어떻게 된다고?"

지금까지의 상황을 지켜보던 정진용 회장이 입을 뗐다. 처음부터 끝까지 아무런 표정 변화가 없었다. 여전히 무겁고 진중한 얼굴이었다.

"스마트 쇼핑 전략 기획팀 이용호라고 합니다."

용호도 당황스러움이 많이 가셨는지 말을 더듬지는 않았다. 단지 축축해진 등도 느끼지 못할 만큼 정신이 없을 뿐이었다.

"흠… 알았네. 다들 보셨으면 다음 매장으로 이동해 보죠."

정진용 회장이 발걸음을 옮기자 줄줄이 사람들이 발걸음을 옮겼다. 그중에는 정단비도 있었다.

　찡긋.

　아직 얼떨떨하게 서 있는 용호에게 정단비가 윙크했다.

　순간 용호의 머릿속에는 엉뚱한 생각이 들었다.

　'진짜 예쁘다.'

　하나 그런 생각은 잠시였고, 이내 앞으로의 일에 대한 걱정이 엄습했다.

＊　　　＊　　　＊

　잠시 정신을 차릴 만하니 또 다른 사람들이 들이닥쳤다.

　"다, 당신 뭡니까? 어떻게 알았어요?"

　"네?"

　"방금 전에 한 이야기… 도대체 어떻게 그 부분에 오류가 있었는지 알았냐고요."

　천막 안에 있던 책임자가 밖으로 나와 용호를 닦달했다. 용호의 머리가 맹렬하게 돌아가기 시작했다.

　"아… 그건……."

　뜸을 들이자 상대방도 조용해졌다. 사실 그대로 버그 창을 보고 알았다고 말할 수는 없기에, 겨우겨우 쥐어짜내 변명거리를 하나 만들었다.

"제가 지난번에도 상품 등록 문제 때문에 여기 왔었는데, 그때 보니까 화면에 등록되지 않은 상품이 있는 것 같더라고요."

"…그래서요?"

"이게 상품이 등록되지 않으면 결제가 안 되잖아요. 그래서! 결제를 진행할 때 에러가 날 것 같았죠."

"제가 궁금한 건 그게 아니라, 어떻게 소스를 보지도 않고 어디서 에러가 났는지까지 알았냐고요."

용호를 추궁하던 남자가 갑자기 뒤를 돌아보더니 소리쳤다.

"야, 너희 프로그램 소스 어디 올린 데 있어? 아님 이 사람한테 보여줬다거나."

남자의 말에 나 선임과 박 책임은 무슨 소리냐며 세차게 고개를 저었다.

소스를 유출했다가는 산업스파이 혐의로 처벌을 받을 수 있었다. 거기다 둘 모두 용호를 오늘 처음 보는 눈치였다.

"보셨죠? 소스가 유출될 일은 없고, 혹시 사내 망 해킹도 하시는 겁니까?"

말하지 않았지만 내심 의심하고 있던 이야기를 꺼내 들었다. 경우의 수를 모두 제했을 때 나올 만한 결과는 한 가지, '해킹'밖에 없었다.

"무, 무슨 말씀이세요. 해킹이라니. 어제 한창 여기서 소스 수정하실 때 뒤에서 좀 봤습니다, 봤어. 됐습니까!"

되레 용호가 큰소리를 쳤다. 마치 사람들에게 소스를 훔쳐본 게 마음에 걸려 이야기하지 않은 것처럼 느끼게 만들었다.

용호의 말에 남자가 다시 고개를 돌렸다.

"어제 여기서 소스 수정했어?"

"그, 그게… 어제 테스트를 하면서 자잘한 버그 잡는다고 한동안 여기 앉아 있기는 했습니다."

"하아……."

남자가 한숨을 내쉬었다. 어느 정도 용호의 말에 수긍하는 눈치였다. 버그를 볼 수 있다는 건 상상 범위에도 있지 않았다.

그나마 뒤에서 소스를 훔쳐봤다면 이해 가능한 범위였다.

한숨을 내쉰 남자가 벼락같이 소리쳤다.

"소스 유출되면 어떻게 하려고 누가 보는지 신경도 안 쓰고 수정해!"

"어, 어차피 같은 회사 사람들밖에 없어서……."

박 책임의 변명은 오히려 책임자의 화를 돋우었다.

"사내에서도 비밀리에 진행하고 있는 프로젝트인 거 몰라!"

화를 내고 있는 책임자를 보며 용호는 다소 다른 생각을 하고 있었다.

'그렇게 소리 지르면 모를 사람이 어디 있겠습니까.'

생각은 잠시, 무사히 넘어갔다는 생각에 벌렁거리는 심장을 진정시켰다.

그런 용호의 눈앞으로 불쑥 손 하나가 나타났다.

"자, 하나 먹어요."

손석호가 단팥빵을 하나 들이밀었다.

'어디서 이런 건 잘 구해오는지.'

마침 긴장이 풀리며 단 게 당겼기에 용호는 단숨에 단팥빵 하나를 해치웠다.

＊　　　　＊　　　　＊

오픈 행사가 끝나고, 시간이 지날수록 시스템도 안정되기 시작했다. 오픈 초기 끊임없이 들어오던 매장들의 불만 사항도 줄어들었다.

여유가 생기자 즐비하게 늘어선 화려한 물건들이 눈에 들어왔다.

'엄마한테 변변찮은 가방도 없으니.'

귀퉁이는 다 해지고 상표는 어디서 나온 건지도 모를 가방이 하나 있긴 있었다. 아버지도 사정은 마찬가지였다.

용호는 짧은 순간이지만 똑똑히 보았다.

미국에서 귀국해 집에서 쉬는 날, 결혼식을 다녀온 아버지가 입고 계셨던 양복.

젊으셨을 때와 달리 살이 빠지셨는지 다리와 팔은 넉넉하다 못해 비어 보였고 색이 바래 후줄근해 보였다.

'사이즈가 100에 허리는 34라고 하셨으니까.'

잠시 하던 일을 멈추고 여러 매장을 둘러보았다. 용호도 많이 들어본 브랜드의 매장 안에 들어서니 사람들이 가득했다.

'헐.'

가격표를 보니 가방 하나에 백만 원이 넘었다. 태어나서 한 번에 백만 원 이상을 사용한 적은 대학 등록금을 낼 때 말고는 없었다.

'그래. 효도한다고 생각하자.'

가방을 집어 들고 고민하고 있는 용호에게 누군가가 다가왔다.

"뭐 해요?"

코를 찌르는 향긋한 향기가 잠시나마 지난날의 고단함을 잊게 만들었다.

용호가 뒤를 돌아보니 그곳에 정단비가 서 있었다.

"누구? 여자 친구 주려고요?"

"아, 아닙니다. 여자 친구는 무슨."

용호가 씁쓸하게 말했다.

삼포세대.

연애, 결혼, 출산을 포기한 세대라는 뜻이었다. 용호도 포기하고 있었지만 이제는 희망이 보이고 있었다.

"그러면 어머님?"

정단비의 말에 용호가 고개를 끄덕였다. 눈치 하나는 기가 막히게 빨랐다.

"하여간 센스가 없으시네요. 요즘 어머님들은 이런 거 말고 다른 걸 좋아하세요."

정단비가 용호가 들고 있던 가방을 다시 진열대에 내려두고는 팔을 잡고 이끌었다.

얼떨결에 쫓아간 곳은 또 다른 매장이었다. 그리고 가격대 역시 달랐다.

'이, 이백만 원?'

정단비가 집어 든 가방의 태그에 붙어 있는 가격표를 본 용호의 눈이 휘둥그레졌다. 딱 보기에도 예뻐 보이기는 했다.

그러나 세일을 해서 이백만 원이라는 가격대에 선뜻 물건을 집어 들기가 힘들었다.

"이거, 괜찮네요."

이리저리 상품을 살펴보던 정단비가 결정했다는 듯 점원에게 말했다.

"저기요. 이걸로 하나 포장해 주세요."

"티, 팀장님."

용호가 놀란 표정으로 정단비를 불렀다. 여유가 생긴 것이지, 삶이 달라진 것은 아니었다.

아직 이백만 원은 부담스러운 가격이었다.

그런 용호의 표정을 읽었는지 정단비가 밝게 웃으며 말했다.

"이번 부산 출장에 대한 인센티브니까 부담 가질 필요 없어요. 어머님 걸 샀으니… 아버님 걸 사러 가볼까요?"

구김살 한 점 없이 밝게 웃는 정단비의 모습에 용호는 차마 아무 말도 할 수 없었다.

즐거워하는 그 모습을 막고 싶지 않았다.

*　　　　*　　　　*

가방에 양복까지 양손 가득 물건을 든 용호는 꽤나 지쳐 보였다.

"이건 좀 늙어 보이실 것 같고."
"흠, 이건 색이 별로다."
"이 브랜드가 괜찮았었는데……."

가방을 사고 아버지의 양복까지 정단비가 결제를 해주었다. 그 대가로 피곤함을 얻었다. 정단비는 양복을 사기 위해 매장 이곳저곳을 둘러보았고, 그 과정은 쇼핑에 익숙지 않은 용호에게 고역이었다.

정단비의 아름다운 모습도 잠시였다. 그만 둘러보고, 대충 선택하고 싶었지만… 정단비는 확고했다.

다른 사람도 아니고, 자신의 부모님에게 드릴 선물로 좋은 걸 고르겠다는 정단비를 말릴 수도 없었다.

결국 1시간 이상을 돌아다니고서야 쇼핑을 마칠 수가 있었다.

"오, 이거 비싼 브랜든데요. 상금을 슬슬 푸는 건가요?"

물건을 들고 사무실로 올라가는 용호의 뒤에서 손석호가 불쑥 나타났다.

"아, 아닙니다. 제가 산 게 아니고 정 팀장님이 부산 출장 선물이라고……."

"그래요? 나도 하나 사달라고 해야겠는데요."

"하하, 뭐, 수석님이 말씀하시면 이것보다 비싼 것도 사주실 겁니다."

"그건 그렇고, 파견이 이제 3일 남았나요?"

"네."

"그래요. 서울 오면 또 한 번 터트려 봅시다."

"터트려요?"

"기대해도 좋아요."

의미심장한 웃음만 남긴 채 손석호는 다시 서울로 올라갔다. 이제 부산 파견도 3일밖에 남지 않았다.

*   *   *

매직미러의 결제 오류를 해결한 일로 이렇게 다양한 사람들과 대화를 나눌 줄 용호는 예상하지 못했다.

"당신 정체가 뭡니까?"

"저, 정체가 뭐라니요. 그냥 신세기 사원입니다."

"제가 말하는 게 무슨 뜻인지 정말 몰라서 그러시는 겁니까?"

용호의 앞을 나 선임이 막고 있었다. 답을 듣기 전까지는 길을 비켜줄 것 같지 않았다.

"무슨 말을 하시는 건지……"

"이름만 개발팀장인 사람은 그렇게 속여 넘길 수 있어도, 저한테는 안 됩니다."

나 선임이라는 사람은 '어서 사실대로 말해'라며 재촉하고 있었다.

용호의 어설픈 변명을 믿지 않는 눈치였다. 사실대로 말해도 어차피 믿지 않을 것이기에 용호는 약간의 거만함을 더해서 기존의 주장을 반복했다. 정나미가 떨어지게 만들어 더 이상 귀찮게 하지 못하게 만들 심산이었다.

"딱 보면 각 나오는 거 아닙니까? 소스를 보는 눈이 다 저같지는 않나 보네요."

"뭐, 뭐라고요?"

"아니, 그렇잖아요. 몇 줄 되지도 않는 소스, 뒤에서 훑어보면 딱 답 나오는데 그런 걸 가지고 왜 이렇게 사람을 귀찮게 하는지……"

"저, 정말입니까? 이게 간단하다고요?"

나 선임은 그래도 믿지 못하는 눈치였다. 사실 용호의 말대로 간단한 소스가 아니었다.

사람의 동작을 이미지로 뽑아내 어떤 행동인지 판별해야 했고, 판별된 결과에 따라 서버에서 데이터를 가져와야 했다.

거기에 결제 모듈과도 연동되어 있는 소스였다. 뒤에서 한 번 보는 것만으로 알아서도 안 되고, 알 수도 없는 소스였다.

"네."

용호는 단호하고 확실하게 말했다. 더 이상의 변명거리가 없기에 계속해서 파고들면 귀찮아지기만 할 뿐이었다.

"그… 하아… 그쪽 팀 사람들은 다 그렇습니까?"

말도 안 된다는 표정이었지만 믿지 않을 도리도 없었다. 나 선임은 몇 번이고 한숨을 쉬고 입술을 깨물었다.

"저희 팀 사람들이 어떤지까지 제가 말씀드려야 합니까?"

"무, 물론 그런 건 아니지만… 에잉, 졸라 천재네. 개 부럽다."

"네?"

갑작스러운 비속어에 용호가 주춤거렸다. 마치 봉인을 해제한 듯 말투부터가 달라졌다. 그런 용호를 보며 나 선임이 말을 이었다.

"그 팀 가면 저도 그쪽처럼 될 수 있어요?"

점점 가관이었다. 용호가 어찌할 바를 모르고 있는 사이 남자는 이미 혼자 결정을 내렸다.

"뭐, 옆에서 보면 되겠지. 스마트 쇼핑 전략 기획팀이라고 했죠? 나 나대방이라는 사람이요. 나도 그 '소스를 보는 눈'이라는 거 좀 배웁시다. 나도 나름 개발이라는 거 한다고 생각했는데… 나름 회사 내에서 최고라 생각하고 있었는데 세상이 참 넓네."

"저기 지금 무슨 말씀을 하시는 건지."

이제는 당당했던 용호의 말소리가 잦아들었다. 그런 용호를 보며 나대방이라고 자신을 소개한 남자가 손을 내밀었다.

"자신 있는 분야는 리눅스 커널, 펌웨어, 뭐 이런 하드웨어 쪽인데… 당신 정도면 뭐, 나도 배울 게 있겠어요."

그러고는 씨익 웃는 모습이 마치 산적 같았다. 처음 봤을 때부터 심상치 않은 모습이었다.

입고 있는 옷이 팽팽하게 당겨질 정도의 근육질에 덥수룩한 턱수염은 마치 연예인 마동석을 떠올리게 만들었다.

'지금 이 사람이 뭐라는 거야.'

나대방.

신세기 매직미러의 핵심 개발자.

유달리 큰 손으로 키보드를 두드릴 수나 있을까 의심스러워 보이는 남자였다.

그 남자가 용호에게 손을 내밀었다.

　　　　*　　　　*　　　　*

　'기대하라는 게 이런 의미였나.'

　용호가 서울로 올라오자마자 도착한 곳은 얼마 전 정단비
가 거쳐 갔던 곳이었다.

　얼굴을 보고 뽑는지 TV에서나 볼 법한 연예인급 외모를 자
랑하는 여자가 다소곳이 앉아 있었다. 그 반대편 소파에 용호
가 가지런히 다리를 모은 채 앉았다.

　"따라오세요."

　인터폰을 받은 여자가 자리에서 일어났다.

　"합."

　뻣뻣해진 몸의 긴장을 풀기 위해 숨을 들이쉬었다. 어차피
잘못한 일은 없었기에 용호는 비서를 따라 문 안으로 들어갔
다.

　따닥. 따닥.

　정진훈이 손가락으로 책상을 두드리는 이유는 한 가지였다.
고급스러운 원목에서 나는 마찰음이 머리를 맑게 해주기 때
문이다.

　"지금 들어갔다고?"

　"네. 방금 비서실에서 연락 왔습니다."

　"준비 끝났으면 메모 전달해."

책상을 두드리는 손가락이 빨라졌다. 심기가 어지럽다는 증거였다. 오랫동안 정진훈을 모셨던 남자는 그의 이런 행동을 익히 알고 있었기에 말을 하는 데 한 번 더 망설였다.

"굳이 이럴 필요까지 있을까요?"

"뭐가?"

"지금 하시는 일 말입니다. 정단비 팀장도 계속해서 회사를 나간다고 하는데… 혹여 긁어 부스럼을 만드는 건 아닐지 걱정이 됩니다."

"계속 결과가 나오고 있단 말이지. 우리 회장님께서 좋아하시는 결과. 그리고 이 정도도 이겨내지 못해서 어디 내 동생이라고 할 수 있겠어?"

"알겠습니다."

남자는 더 이상 질문을 하지 않고 고개를 숙였다.

군대보다 철저한 상명하복으로 이루어지는 관계였다. 남자의 이 정도 질문도 상당한 무리라 할 수 있었다.

정진훈이 답을 해준 건 그만큼 남자를 믿고 있다는 증거였다.

남자가 나가고 정진용 회장 비서실로 쪽지가 한 장 전달되었다.

호랑이상.

범을 닮은 얼굴에게 붙여주는 이름이었다.

정면으로 보이는 정진용의 모습은 가히 범을 빼다 박았다 해도 과언이 아니었다.

범을 닮은 건 얼굴만이 아니었다. 기골이 장대하고 하체는 단단해 보였다. 두 다리로 서 있는 것만으로도 상대방을 위축시켰다.

"어서 오게."

목소리에서는 중후함이 느껴졌다.

"아, 안녕하십니까."

"그래. 얼굴이나 한번 보려고 불렀네."

별말을 하지 않았음에도 느껴지는 위엄에 절로 고개가 숙여졌다. 서 있던 정진용이 먼저 자리에 앉았다. 엉거주춤 서 있던 용호도 가죽 의자에 엉덩이를 붙였다.

"정단비 팀장이 특별히 뽑은 인재라고 들었는데… 다행이군."

"……."

용호는 쉽게 입을 뗄 수가 없었다. 질문을 던진 것도 아니었기에 그저 조용히 입을 다물고 있었다. 군대에서 생긴 습관 중 하나였다.

―윗사람이 말할 때 조용히 있으면 평타는 친다.

"회사 생활은 어떤가?"

"열심히 하고 있습니다."

"불편한 점은 없나?"

"네."

용호가 안색을 굳힌 채 빠르게 답했다. 전형적인 이야기가 오고 갔다. 윗사람과 아랫사람이 하는 뻔한 이야기였다.

"신세기는 어디에 문제가 있어 보이나?"

"네?"

순간 용호는 자신의 귀를 의심했다. 갑자기 훅 들어오는 질문에 당황한 기색이 역력했다. 채 1년도 근무하지 않은 신입사원인 자신에게 이런 질문을 하리라고는 상상도 하지 못했다.

"젊은 친구들은 어떻게 생각하는지 궁금해서 그러니 느낀 대로 말해주면 되네."

질문의 의도를 파악한 용호가 잠시 뜸을 들이더니 말을 시작했다. 이미 부산 아웃렛에서 한 번 보아서인지 긴장감이 조금은 사그라졌다.

"프로그래밍에서는 같은 일을 하는 코드는 최대한 줄여야 합니다. 최대한 같은 기능을 가진 코드를 통합하여 효율을 높이기 위함이죠."

용호는 프로그래밍에 빗대 자신이 생각하는 문제점을 찬찬히 이야기해 나갔다.

"그런데 제가 겪은 신세기 사람들은 모두 한 가지의 일을 하고 있었습니다."

정진용이 눈빛으로 말했다. '뜸 들이지 말고 어서 말해라'.

"외주 관리. 개발도 외주, 매장 관리도 외주, 상품 관리도 외주, 물건을 사는 바이어라는 사람도 결국 외주 관리, 전 사원들이 외주 관리에 열을 올리고 있더군요."

담담하게 이어가는 용호의 말을 듣는 정진용의 표정은 큰 변화는 보이지 않고 있었다.

부산에서 매장 오픈을 준비하며 용호는 많은 경험을 하였다. 갑으로서 협력사 직원이 사주는 밥도 먹어보고 전산팀이 아닌, 프리미엄 아웃렛을 관리하는 계열사 사람들이 어떻게 일하는지도 보았다.

공통점은 외주 관리.

그들이 하는 일이 마치 어떻게 하면 더 싼 단가로 외주를 부려 더 많은 일을 시킬까. 그런 고민을 통해 떨어지는 이익을 회사의 이익인 양 생각하고 있었다.

아직 1년밖에 되지 않은 신입 사원의 어리석은 생각일 수도 있었다. 용호가 보지 못한 내부의 복잡한 이해관계들이 존재할 수 있었다.

그러나 중요한 것은 그런 어리석은 생각, 누구도 고민하지 않는 문제들이 수면 위로 떠오르고 논의가 되어야 한다는 점이다. 아무리 어리석은 생각이라도 당당히 말할 수 있고 그걸 들어줄 수 있는 분위기가 만들어져야 한다.

발전은 그렇게 이루어진다.

정진용은 용호의 말에 대한 어떠한 코멘트도 달지 않았다.

그저 묵묵히 듣기만 했다.

"이상입니다."

"흠… 그래. 이야기 잘 들었네."

"아닙니다."

삑.

회장실의 인터폰이 알람 음을 울렸다. 정진용이 자리에서 일어나 책상으로 걸어갔다. 그러고는 더욱 굳어진 표정으로 들고 있던 수화기를 내렸다.

"끊지."

뒤돌아선 정진용의 모습은 마치 먹이를 쫓는 호랑이와 같은 기세를 내뿜고 있었다. 방금 전 용호의 말을 경청하며 형성되어 있던 잔잔한 분위기가 온데간데없이 사라져 있었다.

단단히 화가 난 듯 보였다.

"자네, 월급이 부족한가?"

"네?"

영문 모를 소리에 용호는 반문했다. 그러나 정진용은 더 이상의 말을 들어주지 않았다.

"밖으로 나가보게."

담담했던 목소리는 차가워져 있었다. 높아진 언성이 정진용의 심기를 대변하고 있었다.

갑작스러운 축객령.

용호는 정진용이 시키는 대로 자리에서 일어나 나갈 수밖에 없었다.

그리고 문밖에 사람들이 대기하고 있었다. 얼마 전 스마트 쇼핑 전략 기획팀 사무실에 찾아왔던 사람들이었다.

"이용호 씨? 감사팀에서 나왔습니다. 같이 가시죠."

"무, 무슨 일이신데요?"

"일단 가셔서 이야기하시죠."

정진용 회장의 집무실 앞이었기에 이야기를 나누기에 적당한 자리가 아니었다. 앞으로 다가올 일을 예감했는지 용호가 시계를 만지작거렸다.

*　　　*　　　*

"뭐라고 하는 겁니까?"

"그래서 지금 감사팀에서 조사를 받고 있다고 합니다."

"무슨 말도 안 되는 소리를!"

정단비가 벼락같이 소리쳤다. 하이 톤의 목소리가 찢어질 듯 쏟아졌다. 뜬금없이 벌어진 일이 순간적으로 이성을 잃게 만든 것이다.

"그게, 지금 직접 전해줬다는 증인이 있어서… 못해도 해임되지 않을까……."

"누굽니까? 직접 줬다는 놈이."

"협력사 직원 중 한 명입니다. 주로 프리미엄 아웃렛 관련 외주를 받는 회산데 규모는 그리 크지 않은 것으로 보입니다."

"제가 직접 눈으로 봐야겠어요."

정단비가 자리를 박차고 일어났다. 그리고 잰걸음으로 사무실을 벗어났다.

가라앉은 분위기 속에 4명의 남자가 한 탁자에 마주 보고 앉아 있었다.

정진용 회장 집무실에서 나온 용호도 그 자리에 앉아 있었다.

"그럼 이제 가봐도 됩니까?"

"네? 네."

용호가 먼저 자리에서 일어났다. 그 자리에는 용호도 익히 얼굴을 알고 있는 협력사 직원도 한 명 앉아 있었다.

"자, 잠시만요. 혹시 저장하신 파일 카피할 수 있을까요?"

자리에서 일어나 돌아가려는 용호를 감사팀 직원이 붙들었다. 직원의 말에 용호가 등에 메고 있던 가방에서 손목에 차고 있는 시계와 컴퓨터를 연결할 수 있는 선을 꺼내 들었다.

"노트북 줘보세요."

시계에서 노트북으로 파일이 전송되는 데는 채 5분도 걸리지 않았다.

*　　　*　　　*

엘리베이터를 타려고 하는 용호를 누군가 불렀다. 막 감사팀으로 가려고 하던 정단비였다.

"용호 씨?"

"아, 팀장님? 여긴 어쩐 일로……."

이곳은 정단비가 올 법한 곳이 아니었기에 용호는 의아할 뿐이었다.

"어떻게 된 일입니까?"

어떻게 된 일이냐는 물음에 용호는 정단비가 왜 이곳에 있는지 깨달았다.

"어떻게 된 일인지는 잘 모르겠습니다. 그러나 잘 해결됐습니다."

"잘 해결되다니요?"

정단비가 걱정스러운 얼굴로 물었다. 금품·향응 수수는 간단한 일이 아니었다. 증인까지 있다면 용호는 빼도 박도 못하고 꼼짝없이 징계를 당할 상황인 것이다.

그런 정단비를 보며 용호가 손목을 들어 시계를 보여주었다.

"제가 예전에 하도 어처구니없는 일을 당해서, 시계를 하나 구입했습니다."

"네?"

자세한 사정을 모르는 정단비가 눈짓으로 어서 상세하게

말해 보라며 재촉했다. 그 모습에 용호가 오른손에 차고 있던 손목시계를 왼쪽 손가락으로 톡톡 두드렸다.

"이 친구가 해결해 주었습니다."

말을 하는 용호의 표정은 그리 좋지 않아 보였다. 문제가 해결되어 기쁜 표정이 아닌 씁쓸해 보이는 모습이었다.

*　　　*　　　*

보고를 받던 정진훈이 순간 놀랐는지 책상을 두드리던 손가락을 멈추었다.

"뭐?"

"상황이 다 녹음되어 있다고 합니다. 오히려 다른 사람을 징계해야 하게 생겼습니다."

"그래? 그랬단 말이지……."

머리가 복잡한지 눈을 몇 번 깜박였다.

"서 대리는 어떻게 할까요? 그대로 징계 진행할까요?"

"그래야지. 본보기를 보여줘, 금품이나 향응을 제공받으면 어떻게 되는지 전 사원에게 알려줘야지."

"알겠습니다."

"정단비가 인복이 있나 보네."

"…나대방이란 친구는 어떻게 해야 할지… 계속 스마트 쇼핑 전략 기획팀으로 옮겨 달라고 떼를 쓰고 있습니다."

"신세기 매직미러 핵심 개발자라고 하지 않았어? 그런 사람을 정단비에게 붙여주면 안 되지."

"…그, 그게 나대방이란 친구의 부친이 현직 3선 의원이십니다."

"지금 계속 일이 틀어지고 있다는 걸 자네도 느끼고 있겠지?"

"죄, 죄송합니다."

"이러면 곤란해, 자네도 나도 말이야."

정진훈의 말에 접혀진 남자의 허리가 들릴 줄을 몰랐다. 남자는 고개를 숙인 상태에서 그저 계속해서 죄송하다는 말만 반복했다.

"우리 정진용 회장님이 항상 하시는 말씀이 있지. '결과를 가져와라'. 자네에게 이번이 마지막 기회가 될 거야."

타닥. 타닥.

정진훈의 손가락이 책상과 부딪치며 다시 청명한 소리를 내기 시작했다.

*   *   *

불판 위에 불긋한 꽃등심이 보기 좋게 놓여 있었다. 옆에서 고기를 굽던 종업원이 맛있게 익은 꽃등심을 조심스럽게 정단비 앞에 놓여 있는 그릇에 한 점 올려두었다.

"맛있어요. 드셔보세요."

정단비가 자신의 앞에 놓인 고기를 젓가락으로 집어 용호의 그릇으로 옮겼다.

"감사합니다."

용호가 지친 표정으로 고기를 한 점 입에 넣었다.

분명 맛있었다.

그러나 하루 동안 있었던 고된 일들이 준 피로에, 제대로 맛을 느낄 수가 없었다. 정진용 회장 면담에서 감사팀 조사까지… 하루가 어떻게 지나갔는지 알 수 없을 정도로 빠르게 끝나 버렸다.

"수고했어요. 앞으로는 절대 이런 일 없을 겁니다."

정단비도 고기를 한 점 입에 넣으며 말했다. 그러나 용호는 그런 단언을 믿지 않았다.

절대.

반드시.

무조건.

꼭.

오늘의 일을 통해 다시 한 번 깨달았다.

항상 준비하는 자세.

지난 일을 통해 경험한 것을 그대로 흘려 버렸다면, 오늘 큰 낭패를 볼 수도 있었다.

세상에는 생각지도 못한 무수한 일들이 벌어진다. 버그 창이라는 능력이 갑자기 생겼고, 모함을 당하고… 앞으로 또 어떤 일이 벌어질지 몰랐다. 소설보다 믿기지 않는 현실이다.

'버그 창도 사라질 수 있겠지.'

버그 창이 사라질지도 모를 일이었다.

'더 노력해야 해.'

밝은 조명 아래 예쁘게 빛나고 있는 정단비를 앞에 두고 고기를 입에 넣으며 용호가 하고 있는 생각이었다.

『코더 이용호』 3권에 계속…

2016년의 대미를 장식할 최고의 스포츠 소설!!

Career record : 984W 26L
Career titles : 95
Highest ranking : No.1(387weeks)
Grand Slam Singles results : 23W
Paralympic medal record : Singles Gold(2012, 2016)

약 십 년여를 세계 최고로 군림한 천재 테니스 선수.
경기 내내 그의 몸을 지탱하고 있는 것은…… 휠체어였다.

『그랜드슬램』

휠체어 테니스계의 신, 이영석(32).
그는 정상의 자리에서도 끝없는 갈망에 사로잡혀 있었다.

"걷고 싶다, 뛰고 싶다. …날고 싶다!!"

**뛸 수 없던 천재 테니스 선수
그에게, 날개가 달렸다!!!**

Book Publishing CHUNGEORAM

유행이 아닌 자유추구 -
WWW. chungeoram.com

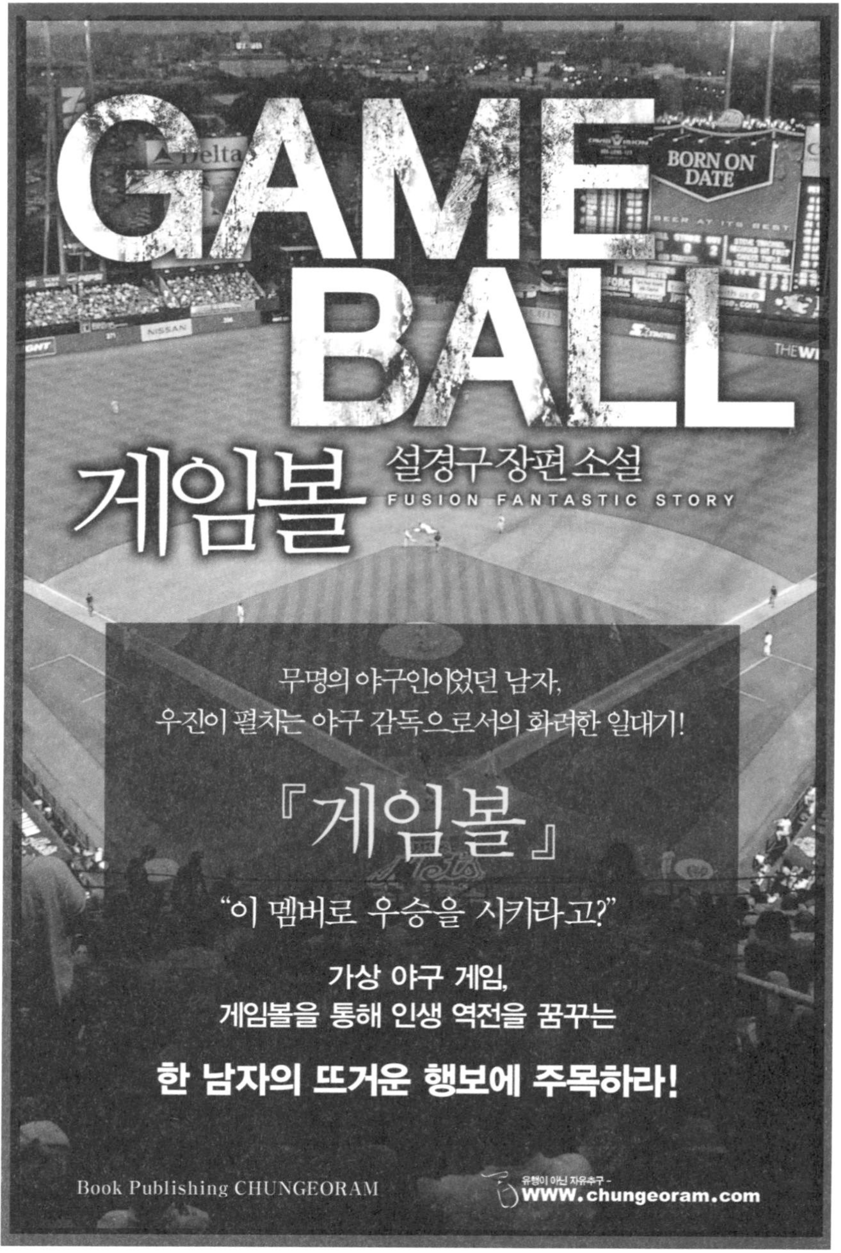
GAME
BALL
게임볼
설경구 장편 소설
FUSION FANTASTIC STORY
무명의 야구인이었던 남자,
우진이 펼치는 야구 감독으로서의 화려한 일대기!
『게임볼』
"이 멤버로 우승을 시키라고?"
가상 야구 게임,
게임볼을 통해 인생 역전을 꿈꾸는
한 남자의 뜨거운 행보에 주목하라!
Book Publishing CHUNGEORAM
유행이 아닌 자유추구 -
WWW.chungeoram.com

투신 강태산

박선우 장편소설

FUSION FANTASTIC STORY

무림을 휩쓸던 '야차(夜叉)'가 돌아왔다.

『투신 강태산』

여행사 다니는 따뜻한 하숙생 오빠이자
국가위기 특수대응팀 '청룡'의 수장.
그리고 종합격투기계를 휩쓸어 버린 절대강자.
전 세계를 무대로 펼쳐지는 투신 강태산의 현대 종횡기!!

"나는, 나와 대한민국의 적을, 철저하게 부숴 버릴 것이다."

서러웠던 대한민국은 잊어라!
국민을 사랑하는 대통령과 절대강자 투신이 만들어 나가는
새로운 대한민국이 펼쳐진다!!

Book Publishing CHUNGEORAM

FUSION FANTASTIC STORY
서산화 장편소설
Miracle Direction
기적의 연출
천재 영화감독, 스크린 속 세상을 창조하다!
『기적의 연출』
대문호 신명일과 미모로 손꼽히던 여배우 김희수의 아들 신지호.
일가족은 불운한 사고로 인해 크나큰 비극을 겪는다.
이 사고로 섬광 기억(Flashbulb memory)이라는 능력을 얻게 된 그 순간!
그의 모든 게 달라졌다.
"배우의 혼을 이끌어내고, 관중의 영혼을 붙잡아야 합니다.
그게 제 목표입니다."
완전한 감독을 꿈꾸는 신지호.
이제 그의 영화가, 세상을 홀린다!
PROD.
SCENE
TAKE
Book Publishing CHUNGEORAM
유행이 아닌 자유추구 -
WWW.chungeoram.com